suhrkamp taschenbuch 1157

Marguerite Duras, die 1914 in Giadinh/Indochina geboren wurde und heute in Frankreich lebt, ist sowohl durch ihre Romane als auch ihre Dramen, Hörspiele und Filme in Deutschland bekannt geworden. Zu ihren bekanntesten Werken zählen neben dem Roman *Der Liebhaber (L'Amant)*, für den sie 1984 in Frankreich mit dem Prix Goncourt ausgezeichnet wurde, *Hiroshima mon amour* (erschienen als st 112), *Die Verzückung der Lol V. Stein* (st 1079), *Ganze Tage in den Bäumen*, *Der Nachmittag des Herrn Andesmas* (BS 109), *Moderato cantabile* (st 1178).

Marguerite Duras erzählt die Geschichte einer Entfremdung. Eine Mutter besucht ihren Sohn, den sie seit Jahren nicht mehr gesehen hat und der in Paris sein eigenes Leben lebt; sie hatte gehofft, ihn unverändert vorzufinden, anhänglich und jungenhaft, und muß nun erkennen, daß er ihrem Einfluß längst entwachsen ist; daß sie ihn an eine fremde, ihr unverständliche Welt verloren hat; daß nur mehr eine Konvention sie miteinander verbindet. Der Versuch zurückzuholen, was einmal Wirklichkeit war, mißlingt.

»Der schlimme Charme der Marguerite Duras zeigt sich überall dort am deutlichsten, wo sie darauf aus ist, Vergeblichkeit zu schildern, eine Atmosphäre einzufangen, in der man Lebensüberdruß, die Nähe des Todes, die Langeweile, welche aus der Hoffnungslosigkeit kommt, gleichsam körperlich spürt ...«

Roland Wiegenstein

Marguerite Duras
Ganze Tage in den Bäumen

Erzählung

Suhrkamp

Die französische Originalausgabe erschien 1954 unter dem Titel
Des journées entières dans les arbres.
Deutsch von Elisabeth Schneider
Umschlagfoto: Barbara Klemm

suhrkamp taschenbuch 1157
Erste Auflage 1985

Druck: Ebner Ulm · Printed in Germany
Umschlag nach Entwürfen von
Willy Fleckhaus und Rolf Staudt

1 2 3 4 5 6 – 90 89 88 87 86 85

Ganze Tage in den Bäumen

Er blickte beiseite, um ihrem eingefallenen, farblos gewordenen Blick nicht zu begegnen. Schon als sie aus dem Flugzeug stieg, hatte er an ihrem unendlich behutsamen Schritt über die Gangway verstanden. Also war es wirklich soweit: eine alte Frau saß neben ihm. Und die Mutter sah es, weil ihr Sohn Tränen in den Augen hatte. Da ergriff sie seine Hand.

– Das ist ganz plötzlich gekommen, erklärte sie zart, im Winter vor zwei Jahren. Eines Morgens habe ich in den Spiegel gesehen und habe mich nicht wiedererkannt.

– Aber nein.

– Doch, doch, ich weiß. Das kommt eben so, ganz plötzlich. Ich hätte dir Photos schicken sollen, man denkt nicht daran ... Aber das ist kein Grund, um traurig zu sein. Ich bin alt, aber weiter nichts, ich fühle mich sehr wohl.

– Mama.

– Ja, mein Junge, ja. Ich konnte nicht mehr, ich mußte dich wiedersehen. Fünf Jahre ohne sich zu sehen, so etwas sollte man nie tun.

– Da hast du recht.

Sie fuchtelte mit ihren dünnen Armen. Ihre Jackenärmel schoben sich hoch: er sah ihre mit Armbändern behängten Handgelenke, ihre mageren Finger voller Diamanten.

– Du hast schönen Schmuck, sagte er.

– Natürlich! Ich bin doch reich geworden ... – sie lächelte wie ein Heimlichtuer.

Von nun an reich und goldbedeckt bis zur Torheit. Es ist aus, dachte der Sohn. Er hatte nie gedacht, daß

man seine Mutter eines Tages so schwer wiedererkennen würde. Das wunderte ihn.
– Doch, ich weiß, daß du reich bist.
– Oh nein, du weißt nicht, wie reich.
– Reicher als zuvor?
– Viel reicher, mein Junge.
Er legte ihr den Arm um die Schultern.
– Aber warum so viele, viele Armbänder?
– Aber das ist doch Gold, verwunderte sie sich.
Sie streckte die Arme aus, kümmerte sich nicht um Paris, zeigte sie ihm, damit er sie bewunderte. Das rasselte alles an ihr, zu groß.
– Ich wäre schön dumm; jetzt trage ich sie.
– Alle?
– Alle. Ich habe sie mein Leben lang genug entbehren müssen.
Draußen war ein strahlend blauer Frühlingstag, und leichte, frische Böen fegten über die Straßen. Freie Männer, mit fernen oder toten Müttern, gingen auf den Trottoiren.
– Du hast recht, sagte er.
– Was? Sie alle zu tragen?
– Ja.
– Aber wie mich friert.
– Das hat nichts zu sagen, Mama. Die Erschöpfung. Das hat nichts zu sagen.
Sobald sie daheim waren, sank sie in einen Sessel.
– Na also, erklärte sie, da bin ich.
Eine junge Frau erschien.
– Marcelle, sagte der Sohn. Sie lebt mit mir, wie ich dir geschrieben habe.

– Guten Tag, Mademoiselle. Sie suchte ihre Tasche, setzte die Brille auf und betrachtete die junge Frau.
– Guten Tag, Madame. Marcelle hatte die Augen voller Tränen.
– Ich mußte meinen Sohn wiedersehen, bevor ich sterbe.
– Entschuldigen Sie, aber meine Mutter habe ich nicht gekannt, deshalb weine ich.
– Fürsorge, sagte der Sohn.
– Ja, ja, sagte die Mutter. Aber weinen Sie nicht. Ich bin auch eine Mutter. Sehen Sie mich an, das geht vorüber, weinen Sie nicht mehr.
Der Sohn, an den Kamin gelehnt, die Augen noch tränengerötet, langweilte sich ein wenig.
– Ich will dir die Wohnung zeigen, komm.
Sie erhob sich mühsam aus dem Sessel und schritt an seinem Arm durch die Räume.
– Du bekommst Marcelles Zimmer. Es ist ruhig, und das Bett ist gut.
– Ich bin große Räume gewöhnt, deshalb erscheint mir alles klein, entschuldigte sie sich. Drei Zimmer, das ist immerhin nicht übel, wie es scheint, aber zu Hause habe ich zwanzig Zimmer, wenn ich bedenke, zwanzig Zimmer für mich ganz allein! Es ist ein Kreuz, wenn ich es bedenke! Ich bin immer erstickt in den Wohnungen, in den kleinen Häusern. Ich habe immer große gebraucht, zu große, mit Gärten ringsherum ... Immer zu groß habe ich sie gehabt ... wo ich mich fürchtete bei Nacht, wenn ich die Hunde hörte ... immer zu groß, genau wie meine Pläne, wie alles, was ich tat, ach ja!

– Denk nicht mehr daran.
Sie hielt inne, weil sie etwas an seinem Kopf bemerkt hatte.
– Du hast ja weiße Haare an den Schläfen, sagte sie, ich hatte es nicht bemerkt.
– Vier – er lächelte – das hat nichts zu sagen, überhaupt nichts.
– Du warst am blondesten von allen, golden.
Sie fanden im Eßzimmer wieder zu Marcelle.
– Sie haben vielleicht Hunger, sagte sie, wir könnten ausnahmsweise einmal früher essen. Was meinst du, Jacques? Deine Mutter hat vielleicht Hunger.
– Immer, erwiderte die Mutter, ich habe immer Hunger. Tag und Nacht, immer. Und heute ganz besonders.
– Also einverstanden, wir essen sofort?
– Sofort, sagte Jacques – er begann zu lachen – stell dir vor, ich habe auch immer Hunger.
Die Mutter lächelte ihrem Sohn zu. Die Liebe verschleierte ihre Augen.
– Immer noch wie mit zwanzig Jahren?
– Immer noch. Es ist ein Glück, wenn ich zu essen habe.
– Letzte Woche waren wir soweit, daß wir Bullrich Salz probieren mußten, sagte Marcelle sehr laut lachend. Wir haben vier Tage ausgehalten, nicht wahr, Jacques?
– Und immer noch glücklich, sagte Jacques.
Die Mutter wurde unruhig, weil das Gespräch abzuschweifen drohte.
– Also essen wir?

– Sofort, sagte Jacques. Es gibt Schinken, Salat... Wir haben gedacht, nachdem dich das Flugzeug durchgeschüttelt hat...
Marcelle, allein in ihrer Ecke, lachte. Die Mutter war bestürzt.
– Aber ich muß, stöhnte sie, ich muß doch essen. Schinken ist im Leben nicht genug. Weil ich sehr alt bin, bin ich ein schlechter Futterverwerter und muß Unmengen verschlingen, um auf meine Kosten zu kommen...
– Das heißt...
– Ich verstehe, ich verstehe, aber wenn es euch recht ist, gehe ich zum Kaufmann hinunter und ergänze euer Menu.
– Einverstanden, sagte Marcelle aufspringend. Ich ziehe mir eine Jacke über.
– Nein, sagte Jacques. Ich gehe hinunter.
– Das Leidige ist, stöhnte die Mutter wieder, daß ich noch warten muß und daß ich doch schon solchen Hunger habe...
– Fertige Gerichte, sagte Jacques, gibt es hier in den Geschäften in Hülle und Fülle. Man findet sie überall, in allen Läden, massenhaft. Keine Sorge.
– Los, los, mein Junge, du kannst dir nicht vorstellen, was das für ein Hunger ist.
Der Sohn und die Mutter gingen einkaufen. Der Sohn hielt mit einer Hand drei große leere Taschen, mit der anderen den Arm seiner Mutter. Als sie auf die Straße traten, hielt er eine Erklärung für angebracht.
– Ich kann nicht ganz allein leben, verstehst du. Niemand in meinem Alter.

– Mich friert.
– Das ist die Erschöpfung, es hat nichts zu sagen. In meinem Alter wäre es nicht normal, allein zu leben.
– Gibt es hier nicht eine gute Metzgerei, wo man ein gutes Sauerkraut bekommen könnte, wie ich es so gern mag? Gut eingelegt und mit Weißwein gekocht?
– Alles was du willst, sagte der Sohn mit Feuereifer, dieses Viertel hier ist für seine Lebensmittel berühmt.
– Das ist so schnell zubereitet, du wärmst es auf, du tust einen Tropfen Weißwein hinzu, und fertig.
– Das Beste, was es gibt.
– Das Beste. Ein Glück, daß ich gekommen bin, wie ich sehe, erklärte die Mutter vergnügt.
Kaum eine halbe Stunde nach ihrem Aufbruch landeten sie mit ihren zum Bersten gefüllten drei Taschen in der Wohnung.
– Sauerkraut, Rinderbraten, Erbsen, Käse, Beaujolais, verkündete Jacques vergnügt Marcelle, die vor solchen Schätzen in die Hände klatschte.
– Aber das soll schmecken! – Marcelle hatte noch ein Kinderlachen.
Die Mutter schaute, aufrecht im Eingang, mit hungerverstörten Augen beim Auspacken zu.
– Ihr müßt alles aufkochen, sagte sie, vor allem den Braten, damit nichts verdirbt. Bei dem leichten Wind heute, und damit kenne ich mich aus, werden die Sachen schlecht, vor allem das Fleisch. Der Frühling ist überall.
Marcelle setzte sofort das Sauerkraut auf und gab auf Anweisung der Mutter einen Tropfen Weißwein hinzu.

– Wie gut Sie sind, sagte sie. Jacques hatte mir gesagt, wie gut Sie waren, wie gut Sie in Ihrem Leben gewesen sind.

– Man darf nichts übertreiben, sagte die Mutter leicht gereizt.

Sie ging ins Eßzimmer, fort vom Sauerkraut, und sank in einen Sessel. Der Sohn und Marcelle blieben in der Küche.

– Was ich für einen Hunger habe, sagte sie bei sich, was ich für einen Hunger habe. In diesen Flugzeugen heute reichen sie als einzige Verpflegung dünnen Tee, Toast, solch läppisches Zeug, wobei sie vorgeben, daß das Flugzeug bei manchen Damen den Magen angreift. Ich kann behaupten, daß mir das Flugzeug nichts ausmacht. Das Leben hat mich selbst genug geschüttelt, daß ich vor diesen kleinen Übeln sicher bin. Ich habe solchen Hunger, daß ich einen Knochen anbeißen könnte.

Marcelle war beunruhigt.

– Sie spricht. Du solltest nach ihr sehen.

Aber die Mutter hörte auf zu sprechen. Sie fand eine Zeitung und las darin, zerstreut, bis sie einnickte. Als der Sohn eintrat, um den Tisch zu decken, ruhte die Zeitung auf ihren Knien, und ihre Augen waren geschlossen. Er trat zu ihr, sie schrak auf, zeigte ihm die Zeitung.

– Es sieht schlimm aus, sagte sie. Krieg, sieh mal. Die Kriege gehen vorüber, und ich bin immer noch da ... Der Krieg macht mich lebensmüde ...

Der Sohn strich sanft über ihr Haar und lächelte.

– Weiter nichts als der Krieg?

– Ich erinnere mich schlecht an mein Leben – sie faßte sich, ein wenig verwirrt – aber sieh doch nach, was sie mit dem Sauerkraut macht, dieses Mädchen ist noch so jung.
– Es ist gleich fertig, rief Marcelle, ich komme.
Die Vorspeise und das Sauerkraut standen endlich auf dem Tisch. Die Mutter stand auf, setzte sich, überblickte alles, während sie ihre Serviette auseinanderfaltete.
– Seht ihr, sagte sie zerstreut, die Augen auf dem Sauerkraut, ich bin da, ich komme gar nicht zur Besinnung.
– Na also, sagte Marcelle, Sie haben Ihren Sohn wiedergesehen.
– Wirklich, das geht schnell, seufzte die Mutter.
– Nicht zu glauben, sagte Marcelle.
Sie aßen schweigend das Sauerkraut. Es war gut, und sie ließen es sich schmecken.
– Abgesehen von mir, fragte der Sohn, als sein Appetit erst ein wenig gestillt war, abgesehen von mir, warum bist du gekommen?
– Nichts weiter. Vielleicht um mir ein Bett zu kaufen, aber das hat Zeit, ja, ein Bett zum Sterben, meins ist schlecht. Ich habe doch das Recht dazu, nicht? Ein kleines Stück Kotelett bitte, Mademoiselle.
– Und wie Sie das Recht dazu haben, sagte Marcelle.
– Gib ihr das Kernstück vom Kotelett, da links, das ist butterweich, es zergeht im Mund.
– Aber den Knochen auch, seufzte die Mutter, ich mag doch so gern Knochen abknabbern.
– Den Knochen auch, sagte der Sohn.

Man gab ihn ihr. Und sie aßen weiter. Sie hatten alle drei gemein, daß sie mit großem Appetit gesegnet waren. Der Sohn und Marcelle, weil sie ständig mehr oder weniger fasteten. Die Mutter, weil sie in ihrer Jugend einen nie befriedigten Appetit auf Macht und Herrschaft gehabt hatte und weil ihr davon diese Maßlosigkeit geblieben war, dieser große, an aller Nahrung sich rächende Appetit. Plötzlich, als in das Sauerkraut erst eine tüchtige Bresche geschlagen war, erklärte sie:

– Achtzig Arbeiter.

– Achtzig? fragte Marcelle, die aufgehört hatte zu essen.

– Achtzig – sie seufzte – und ich zähle nicht einmal die, die an mir selbst hängen. Und da frage ich mich auch schon, was sie wohl treiben, wenn ich nicht da bin. Ihr seht, was es heißt, reich zu sein. Es ist ein Kreuz!

Sie hatte den Kotelettknochen ergriffen und benagte ihn in ihren diamantbesetzten Fingern. Der Sohn betrachtete sie verstohlen. Was den Appetit betraf, hatte sie sich eigentlich gar nicht so sehr verändert. Er hatte sie im Elend als unermüdliche Esserin erlebt, und so war sie im Glück geblieben. Er empfand darüber wehmütigen Stolz.

– Es macht Freude, dich essen zu sehen, sagte er.

– Siehst du, das ist das Gute an meinem Alter, sozusagen das einzig Gute. Von allem, was ich esse, schlägt fast nichts bei mir an. Das Essen ist mir zu überhaupt nichts mehr nütze als zum Vergnügen.

– Ach, ich möchte dasselbe sagen können, sagte Mar-

celle. Bei mir setzt der kleinste Bissen an, es ist unglaublich. Ich esse ein Beefsteak, und eine Stunde später bin ich schon von dem Beefsteak dicker geworden, es ist unglaublich . . .
Seit einer Weile schielte Marcelle nach den diamantbesetzten Fingern. Man konnte sie nicht ansehen, ohne etwas dazu zu sagen. Sie forderten direkt aufreizend zur Bemerkung heraus.
– Was Sie für schönen Schmuck haben, sagte sie.
Die Mutter besann sich, legte den Kotelettknochen auf den Teller, nahm den Schmuck langsam ab und legte ihn zu einem Haufen auf den Tisch.
– Ganz recht . . . ich sagte mir auch, daß ich sehr müde bin. Du liebe Zeit, dieses ganze Gewicht! Ich will ihn für den Augenblick hier hinlegen, und nach dem Essen verwahren Sie ihn mir bitte an einem sicheren Ort.
– Das muß allerdings eine Last sein, wenn es so viel ist, sagte Marcelle.
– Ja ja, seufzte die Mutter, nicht daß ich eitel wäre, nein, das ist nicht der Grund, aber ich habe nicht gewagt, ihn allein zu Hause zu lassen. Mit diesen achtzig Männern rings um dieses Haus, wo ich allein bin, verstehen Sie mich recht, mutterseelenallein, nein, das habe ich nicht gewagt. Der Anblick des Goldes ist manchmal . . . genug. Es ist bekannt, daß ich reich bin, so etwas weiß man, man kann notfalls seine Armut verbergen, aber seinen Reichtum leider nie. Und dann, Mademoiselle, bin ich eben ein bißchen spät im Leben reich geworden, ein bißchen zu spät, um mich daran zu gewöhnen. Und dieser Braten, gedenken Sie ihn uns heute zu geben oder morgen?

– Ich hatte ihn zum Kaltessen zubereitet, aber er ist gar, wenn Sie ihn möchten.
– Vielleicht einmal kosten?
Marcelle eilte in die Küche, um ihn zu holen.
– Das Sauerkraut war großartig, sagte der Sohn in das Schweigen, das auf ihr Verschwinden folgte.
– Ja, sagte die Mutter. Gut, daß ich gekommen bin. Und wäre es nur dafür, für dieses Sauerkraut.
Sie besann sich, nahm ihren Schmuck in beide Hände, behutsam.
– Du könntest ihn vielleicht auf den Kamin legen, sagte sie ganz leise.
Der Sohn stand auf, ergriff ihn seinerseits.
– Wenn du ihn zählen willst.
– Warum?
– Nur so, man weiß nie, falls du dich nicht mehr an die Zahl erinnerst.
– Siebzehn Stück, sagte die Mutter gelassen, ohne hinzusehen.
Der Sohn steckte ihn in die Kaminvase, eine Sekunde bevor Marcelle mit dem Braten dazukam. Dann setzte er sich, schnitt den Braten an. Ein jeder schaute andächtig zu.
– Eine kleine Scheibe zum Kosten, sagte die Mutter. Er hat genug Knoblauch und ist gar, ich gratuliere, Mademoiselle.
Sie aßen also den Braten, wiederum schweigend. Er war gut, und sie ließen ihn sich noch schmecken. Dann war der Appetit der Mutter endlich gestillt.
– Ich habe plötzlich keinen Hunger mehr, klagte sie leise, und mich friert. Nein, Mademoiselle, es ist nicht

nötig, daß Sie mir eine Wärmflasche machen, mein Blut will nicht mehr warm werden, es nimmt langsam keine Wärme mehr auf. Es ist nichts mehr zu machen und hätte sowieso keinen Zweck.
Der Sohn betrachtete die alte Frau, die vor einer Weile aus dem Flugzeug gestiegen war, hinfort seine Mutter.
– Du gehst ein bißchen schlafen, komm.
– Ja, es überfällt mich plötzlich Müdigkeit.
Er erhob sich und legte den Arm um ihre Schultern. Müde sah sie noch kleiner aus, sie taumelte unter der Wirkung der riesigen, zwecklosen Nahrungsmenge, die sie pflichtschuldig verschlungen hatte.
– Aber ich habe ja nicht einmal getrunken, stöhnte sie, gib mir doch noch ein Glas Wein.
Er schenkte ihr ein und reichte es ihr. Sie trank, mit kleinen Schlucken, aber sie trank aus mit der falschen Maske der Pflicht. Er nahm das Glas, setzte es hin, führte sie in ihr Zimmer. Am Tisch allein, auch sie gesättigt, träumte Marcelle. Der Sohn zog die Vorhänge zu und legte seine Mutter auf das Bett. Liegend hatte sie so wenig Umfang, daß ihr Leib in der Weichheit der Chaiselongue versank. Sechs Kinder da drin, dachte der Sohn. Nur der Kopf ragte wie ein Mahnmal empor, Farbe jener Mauern verlassener Städte.
– Aber du vergißt ja mein Haar, beklagte sie sich wieder.

Er öffnete behutsam ihren Knoten. Ein dürftiger kleiner Zopf von vergilbten Haaren entrollte sich auf dem Kopfkissen. Dann setzte er sich zu ihr auf das

Bett. Und sie blickte mit schamhaften Augen zum Fenster hinaus, plötzlich befangen.
– Fühlst du dich so wohl?
– Mein Sohn, sagte sie ganz leise, ich wollte dir sagen ... ich wollte dir sagen, daß es bei mir Gold, hörst du? Gold zu verdienen gibt.
– Schlaf. Mach die Augen zu. Schlaf ein bißchen.
– Ja. Jetzt weißt du es. Wenn du willst, daß wir noch einmal darüber sprechen, sprechen wir wieder darüber. Das Wichtigste ist, daß du es weißt.
– Wir haben Zeit. Schlaf.
Sie schloß die Augen. Er wartete ein wenig, sie öffnete sie nicht. Ihre hingebreiteten Hände ruhten neben ihrem Leib, fleischlos, aber endlich erkennbar, ohne Schmuck, ebenso nackt wie zu der fleischigen Elendszeit seiner Kindheit. Er beugte sich nieder und küßte sie. Die Mutter schrak auf.
– Was machst du da? Ich schlief.
– Entschuldige, Mama.
– Bist du verrückt?
– Ich habe dir im Leben viel Leid zugefügt. Daran mußte ich denken. Weiter nichts.
– Nein. Du hast dir dein Leben eingerichtet. Es gibt keine zwei Arten, seine Mutter zu verlassen. Selbst die anderen, die angeblich auf die ihren stolz sind, auf ihre glänzende Karriere und den ganzen Kram, sie sind auf genau demselben Punkt wie ich ... Mich friert ...
– Das ist die Erschöpfung. Schlaf ein bißchen.
– Ja. Ich wollte dich fragen ... was treibst du?
– Immer dasselbe. Schlaf.

– Ja. Immer dassselbe, wirklich?
Er zögerte, dann sagte er es.
– Ja, immer dasselbe.
Er ging, schloß die Tür, trat ins Eßzimmer. Marcelle träumte noch immer. Er setzte sich auf die Chaiselongue.
– Mir ist hundeelend.
Marcelle stand auf und begann schweigend den Tisch abzuräumen.
– Als ginge ich daran ein, daß ich sie wiedergesehen habe.
– Du wirst dich daran gewöhnen. Komm, komm Kaffee trinken. Ich habe welchen gekocht, er ist gut.
Sie holte ihn. Er trank, und sie auch. Und ihm wurde besser. Er legte sich auf die Chaiselongue. Sie trat zu ihm, küßte ihn. Er ließ es geschehen, ganz zerschlagen.
– Wenn du willst, daß ich gehe, sagte sie, sag es mir, dann gehe ich eben.
– Da ist es mir allemal lieber, daß du bleibst. Nicht daß ich dich liebe, nein.
– Ich weiß.
– Aber mit ihr allein bleiben, nein, ich würde wahnsinnig. Sie verlangt deine ganze Zeit, deine volle, ganze Zeit, ich würde wahnsinnig.
– Oh, ich nicht.
Er wunderte sich. Sie träumte noch immer, die Augen auf das Fenster gerichtet.
– Weißt du, sie gefallen mir alle, erklärte sie. Die schlechten wie die guten, eine richtige Manie. Selbst diese zum Beispiel, ich kann mir nicht denken, daß sie mir eines Tages lästig werden könnte.

– Wer weiß, vielleicht kommen einem solche Gefühle, wenn man im Leben zu viel gehurt hat?

– Ich bin nicht klug, ich weiß nicht, ob es daher kommt oder von etwas anderem, von meiner Schwerfälligkeit zum Beispiel. Ich weiß es nicht.

So hatten sie zehn Minuten lang geplaudert, als die Mutter, ihr Haar flechtend, im Zimmer auftauchte.

– Ich kann nicht schlafen, entschuldigte sie sich kläglich, und ich bin doch so müde – sie sank in einen Sessel – das muß wohl die Freude sein, die Freude über das Wiedersehen mit meinem Kind ... und dann diese Fabrik, diese kleine Fabrik, die ich alleingelassen habe ... diese achtzig Männer dort, unbeaufsichtigt, das treibt mich aus dem Bett.

– Du bist so weit hergekommen, aber ich sehe schon, daß du in zwei Tagen wieder abreist.

– Versteh mich, mein Sohn. Ich habe keine Zeit gehabt, um mich an solchen Reichtum zu gewöhnen, er ist gewissermaßen wie ein großes Unheil in mein Leben eingebrochen. Ich möchte, Mademoiselle, daß Sie mir zum Beispiel ein Küchentuch zum Ausbessern geben. Ich kann nicht untätig bleiben. Ein Küchentuch oder etwas anderes, etwas Grobes und Einfaches, weil natürlich meine Augen ... Ich will euch nicht zur Last fallen. Mich friert. Aber tut nichts für mich, es hätte doch keinen Zweck, ich bin nun langsam zu alt, das Blut zirkuliert nicht mehr. Und außerdem bin ich für einen Monat gekommen, vergeßt das nicht, also will ich nicht anfangen, euch zur Last zu fallen, ich bin nie in meinem Leben jemandem zur Last gefallen, ich will nicht jetzt damit anfangen. Wißt ihr, das Leben ist kurios. Fünf Jahre habe ich meinen Sohn nicht gesehen, und da habe ich die größte Lust, ein Küchentuch zu stopfen. Ich bin mehr zu Hause bei diesen Männern, bei diesen Wölfen, die mich erwürgen möchten, als bei euch beiden hier. Ich habe euch nichts zu sagen, euch selbst. Aber von ihnen könnte ich euch unbegrenzt erzählen. Nur noch von ihnen allein. Ein Küchentuch bitte, Mademoiselle.

– Wir könnten ausgehen, sagte der Sohn, wenn du nicht schlafen kannst.

– Ausgehen, warum?

– Um nichts. Es kommt vor, daß man grundlos ausgeht.

– Das könnte ich nicht mehr, ich kann nicht mehr grundlos ausgehen.

Marcelle stand auf, öffnete eine Kommode, nahm ein Küchentuch und reichte es ihr. Sie setzte die Brille auf und sah es sich aufmerksam an. Zu ihren beiden Seiten schauten Marcelle und der Sohn zu, wie sie es sich ansah, unterwarfen sich ihr wie einem Orakel. Marcelle holte Stopfgarn und eine Nadel und gab ihr auch das.

– Es ist wirklich viel Arbeit in Jacques' Haushalt, sagte sie überzeugt.

Die Mutter hob den Kopf, lächelte Marcelle zu, war es zufrieden.

– Verstehen Sie, Mademoiselle, sagte sie, ich darf nicht denken. Wenn ich anfange zu denken, gehe ich ein.

– Ich verstehe. Ich werde Ihnen Kaffee kochen, davon wird Ihnen wieder warm, und wenn Sie wollen, sehen wir die Wäsche Ihres Sohnes durch.

Marcelle ging in die Küche.
– Zum Beispiel dieses Bett könnten wir vielleicht kaufen, sagte der Sohn.
– Dieses Bett kann ich auch morgen kaufen.
– Da willst du also am ersten Tage stopfen?
– Warum nicht, mein Junge? Laß mich nur, bitte bitte.
– Du bist noch immer genauso schrecklich – er lächelte, du wirst dich nie ändern.
– Nur wenn ich sterbe. Anders nicht mehr, da hast du recht.
Marcelle kam mit dem Kaffee. Die Mutter trank ihn gierig. Dann holte Marcelle einen Stoß Küchentücher.
– Klappt es, dein Werk? fragte der Sohn gedankenlos.
– Nur zu gut. Ich komme vor Arbeit um.
– Gib es auf, wenn es für mich ist.
– Das ist zu spät, ich kann nicht, und diese Idee gefällt mir, es ist jetzt noch die einzige erträgliche Idee meines Lebens. Ich habe nur dich, ich denke an dich, ich habe es mir nicht ausgesucht, daß ich dich habe. Mademoiselle, was dieses Tuch brauchte, Sie können es mir glauben, das ist ein Flicken, kein Stopfer. Wenn Sie ein Stückchen Stoff hätten. Erzählt mir doch ein bißchen von eurem Leben, ihr zwei ... strengt euch ein bißchen an.
– Immer dasselbe, sagte der Sohn.
– Wirklich?
– Vollkommen dasselbe, wiederholte der Sohn.
Die Mutter gab es auf und erzählte Marcelle.
– Er schlägt mir nach, Mademoiselle, wenn Sie wüßten, wie faul ich war. Eine richtige Drohne. Mit fünf-

zehn Jahren fand man mich auf den Feldern, eingeschlafen in den Gräben. Oh! das tat ich gern, herumstreunen, schlafen, und draußen sein, das ging mir über alles. Und anfangs, ich meine vor zwanzig Jahren, als ich gesehen habe, daß Jacques nach wie vor nichts tut, habe ich mir gesagt, daß dieser Hang, den ich hatte, bei ihm durchkommt. Da habe ich angefangen, ihn zu schlagen, ihn zu schlagen. Alle Tage. Mit achtzehn Jahren schlug ich ihn noch. Weißt du es noch?

Sie lehnte sich zurück und lachte. Marcelle schaute sie gebannt an.

– Ich weiß es noch, sagte der Sohn lachend.

– Ich habe nicht nachgegeben. Jeden Tag, fünf Jahre lang.

– Was habe ich ausgehalten ...

– Und dann habe ich verstanden, daß nichts zu machen ist ... ich habe mich damit abgefunden wie mit allem anderen. Es muß schon solche geben wie ihn, nicht wahr? Solche wird es immer geben ... keiner Regierung, keiner Moral wird es je gelingen, den Menschen das Spiel aus dem Herzen zu reißen ... das sind Märchen, das gibt es nicht. Ich habe lange gebraucht, um es zu begreifen, aber jetzt weiß ich es. Ich weiß, daß es mein Los ist, einen faulen Sohn zu haben, daß mir der verspielte Teil der Welt als Sohn zufiel, da es ihn nun einmal geben muß. Wenn ich mir erlauben darf, Mademoiselle, diese Wäsche ist in keinem guten Zustand. In einem gepflegten Haushalt muß die Wäsche gestopft sein, in Ordnung, das ist die Hauptsache, glauben Sie es mir.

– Ich glaube es Ihnen, Madame. Sie bringen mich derartig aus der Fassung, daß ich Ihnen gern alles glauben will, auch über die Wäsche.
– Schön. Aber die Kinder sind gekommen, und ich bin sehr bald allein gewesen, und das Leben ist immer schwierig, und wenn man Kinder aufzieht, kann man nicht gleichzeitig tun, was man gern möchte. Ich habe schon früh immer weniger getan, was mir gefiel, und dann habe ich es überhaupt nicht mehr getan, und dann, noch später, habe ich nicht einmal mehr gewußt, was ich lieber getan hätte als das, was ich tat ... Seht ihr, das kommt mir erst seit einigen Jahren wieder ein, es ist wie Musik in meiner Erinnerung ... aber das ist vorbei.
– Man kann nicht ewig die Hände in die Taschen stekken, sagte Jacques, den vorüberfahrenden Zügen zusehen, dem Frühling, den Tagen. Man braucht etwas anderes. Ich spiele eben.
– Ich weiß, mein Junge. Sehen Sie, Mademoiselle, als ich angefangen habe zu arbeiten, habe ich es nur übertreiben können, genau wie einst meine Faulheit ... wie eine Wahnsinnige ... Fünfundzwanzig Lebensjahre habe ich in der Arbeit begraben. Wir sind so, Jacques und ich, wenn wir an etwas herangehen. Ach, wenn er gearbeitet hätte, hätte er Berge versetzt ...
– Immerhin, sagte der Sohn, wenn man im Morgengrauen mit der ersten U-Bahn heimkommt, auf die man zwei Stunden lang vor einem Café gewartet hat, mürbe bis auf die Knochen und restlos blank, dann sagt man sich manchmal, daß das nicht immer so weitergehen kann.

Die Mutter hob die Hand, um ihn zu bremsen.

– Ich will nicht hoffen, daß du dich eines Tages änderst. Ich habe es zu lange gehofft. Setz mir nicht noch einmal diesen Wurm, diese Hoffnung ins Herz. Sag nichts. Ich verlange weiter nichts von dir, als daß du dich sehen läßt. Und wenn ich euch bitte, mir von eurem Leben zu erzählen, dann meine ich euer Leben und kein anderes, zum Donnerwetter ...

– Ich mache Lampenschirme, sagte Marcelle. Und abends haben wir einen kleinen Job in Montmartre.

– Das verstehst du nicht, sagte der Sohn.

– Entschuldigen Sie ... Marcelle wurde rot.

– Ich setze mich ins Flugzeug, lege dafür zwanzigtausend Francs auf den Tisch, und da soll ich nicht verstehen? Was bildest du dir ein?

– Abends arbeiten wir, Marcelle und ich, in einem netten, kleinen Lokal. Wir werden anständig beköstigt, bekommen unser Abendessen, Zigaretten und drei Getränke.

– Fleisch?

– Fleisch.

– Das ist die Hauptsache. Und mittags?

– Das überspringen wir, sagte Marcelle.

– Das kommt auf die Tage an.

– Deshalb seid ihr also alle beide solche Bleichschnäbel.

– Das macht die Nachtarbeit. Wir kommen im Morgengrauen zum Schlafen nach Hause, und wenn wir aufwachen, ist es Nacht. Wenn wir die Sonne sehen wollten, dürften wir nicht schlafen, müßten mutwillig darauf verzichten.

– Also haben Sie auch keine Ausbildung, Mademoiselle, wenn ich recht verstehe?
– Ich kann lesen, das ist alles. Aber in dieser Beziehung bedaure ich nichts, ich war nicht dafür begabt. Mir tun die Leute leid, die mir hätten etwas beibringen sollen, du liebe Zeit! . . .
– Sie können es nicht wissen, weil Sie es nicht versucht haben.
– Nein, sagte der Sohn, sie nicht; sie stellt einen Rekord auf. Dagegen bin ich ein Licht.
– Du warst nicht so dumm, nein, aber Intelligenz interessierte dich nicht. Trotzdem gefallt ihr mir alle beide gut. Er hat Ihnen sicherlich gesagt, daß er Geschwister hat, die studiert haben?
– Ich habe sie selbst angerufen, sagte Marcelle, um ihnen zu sagen, daß Sie kommen.
Die Mutter hob die Augen von dem Küchentuch.
– Ich wußte nicht, daß sie wissen, daß ich da bin. Sie werden also kommen?
– Ich habe gesagt morgen, eher nicht.
– Ich kenne sie nicht mehr . . . Sie brauchen mich langsam überhaupt nicht mehr. Andere als ich, oder sie selbst, sorgen für ihren Unterhalt. Wenn Kinder so vollständig ohne ihre Mutter auskommen, werden sie ihr fremd. Verstehen Sie, nicht daß ich ihnen ein . . . ungeordnetes Leben wünschte, nein, aber wie soll ich es Ihnen erklären? Sie langweilen mich. Aber da fange ich schon wieder an zu reden und ihr habt mir immer noch nichts erzählt, jedenfalls so gut wie nichts.
– Sie sind nicht übel, sagte der Sohn.

– Sicher, sagte die Mutter, sicher, ich weiß es nicht mehr... aber siehst du, sie haben studiert, eine Stellung bekommen, geheiratet, das ging wie das Brezelbacken. Einfache Naturen, die nie, nie gegen die Gewalt entgegengesetzter Neigungen zu kämpfen hatten... komisch... und mich interessiert das eben nicht.
– Sie geben zu viel Ratschläge, sagte der Sohn. Das ist der Hauptfehler dieser Leute. Ich würde sie gern von Zeit zu Zeit besuchen, aber Ratschläge, nein, die kann ich nicht ausstehen.
– Was sagen sie, wie finden sie mich eigentlich?
– Ich weiß es nicht mehr.
– Ich verstehe dich, daß du diese Dinge nicht wieder aufrühren möchtest... Also, nun sagt mir schon, was macht ihr in diesem kleinen netten Lokal?
– Wir empfangen die Gäste, fordern sie auf, wiederzukommen, das zu genießen, was am teuersten ist. Das nennt man Stimmung machen.
– Ach so. Da muß ich also abends ganz allein hier auf euch warten?
– Sofern wir dieses Lokal nicht aufgeben, sagte Marcelle, wüßte ich nicht.
– Wir haben daran gedacht, sagte der Sohn. Du könntest mitkommen.
– Mit meiner Visage, entschuldigen Sie, Mademoiselle, schlüge ich die Leute in die Flucht... Wißt ihr, in gewissem Sinne wäre es mir nicht unangenehm. Das ist etwas, was mir fehlt; bei dem Leben, das ich geführt habe, habe ich nie Zeit gehabt, ein solches Lokal zu betreten. Und da friere ich immer noch.

– Ich mache dir eine Wärmflasche, ob du willst oder nicht, sagte der Sohn.
– Was ist nötig, um eine solche Arbeit zu finden? fragte die Mutter.
– Man muß ein hübscher Kerl sein, sagte Marcelle, und gut sprechen, weiter nichts.
– Er hätte so vieles tun können, sagte die Mutter sinnend, er war vernarrt in Eisenbahnen ... Er hat seine Kindheit damit verbracht, überall Züge zu zeichnen, Tender, Lokomotiven ... Weißt du noch?
– Ja, sagte der Sohn, der aus der Küche kam, ja, eine Sucht.
– Da habe ich natürlich an die Technische Hochschule gedacht.
– Ich verstehe, sagte Marcelle.
– Und dann, mit fünfzehn Jahren, bums, alles vorbei, er wollte von nichts mehr hören, weder von Zügen noch von irgendetwas anderem. Wir könnten vielleicht eine Kleinigkeit essen? Genug für heute mit den Tüchern, Mademoiselle.
Da, dachte der Sohn abermals. Am Essen wird sie noch sterben.
– Nein, sagte er zärtlich, nein.
– Einen Happen. Aber wenn ihr keinen Hunger habt, hätte ich ein schlechtes Gewissen ... O diese Männer ... Das Werk schließt in anderthalb Stunden. Ich habe eine kleine Sirene anbringen lassen ... tuuuut ... wenn ich bedenke ...
– Nie und nimmer wirst du es einen Monat aushalten. Das Wasser kocht. Ich will dir die Wärmflasche holen. Denk nicht mehr an diese Männer.

– Mich, sagte Marcelle, mich haben sie auf einer Bank auf dem Platz der Republik gefunden, ich war sechs Monate alt, es war Winter, und ich war halb erfroren. Man hat mich zur Fürsorge gebracht, wie Jacques Ihnen gesagt hat. Da bin ich bis zu meinem dreizehnten Jahr geblieben. Dann hat man mich in eine Werkstatt gesteckt, um Spitzenmacherin zu lernen, dort bin ich ein Jahr geblieben, ich war beim Meister, und dann nach einem Jahr, weil ich nichts lernte ...

– Wer hat dich etwas gefragt? fragte der Sohn, der mit der Wärmflasche zurückkam.

– Niemand, sagte die Mutter. Aber wo sie nun einmal angefangen hat, muß sie zu Ende erzählen.

– Ich war eben für die Spitzen vernagelt, man hat mich zu Bauern in die Auvergne gebracht. Da habe ich die Kühe gehütet, ich lernte weiterhin nichts, aber ich fühlte mich ganz wohl, das Essen war gut, ich habe mich entwickelt, das ist ja klar, an der frischen Luft, außerdem war die Frau nett. Aber da, eines Tages, ich weiß nicht, was mich gepackt hat, da habe ich ihr fünf Francs gestohlen, das war am Heiligen Abend, und was ich wollte, weiß ich selbst nicht mehr recht. Sie hat es gemerkt, sie hat ein bißchen geweint, weil sie mich im Laufe von zwei Jahren schließlich doch ein bißchen liebgewonnen hatte, dann hat sie ihrem Mann gesagt, was ich getan habe. Da hat er an die Fürsorge geschrieben, einen langen Brief, er hat ihn mir vorgelesen, in dem er erklärte, wer einen Pfennig nähme, nähme auch eine Mark, und daß meine schlechten Anlagen zum Vorschein kämen, usw., und daß er es für richtig hielte, sie davon zu benachrichtigen. Aber ich, zurück zur Fürsorge, ohne mich, nie, lieber umkommen – wissen Sie, es ging einem dort nicht schlechter als anderswo, aber man war dort eben eingesperrt, Sie können es sich nicht vorstellen – nachts bin ich mit meinem Bündel ausgerissen und habe schließlich irgend so eine Grotte auf der Landstraße nach Clermont erreicht. Ja.

– Setz sie an die Füße, deine Wärmflasche.

– Und dann, mein armes Kind.

– Dann, das ist uninteressant, sagte der Sohn. Möchtest du eine Schnitte?

– Ich möchte gern eine Schnitte, aber die Fortsetzung auch.

– Erzähle, sagte der Sohn, aber schnell.

– Ich habe drei Tage und drei Nächte in dieser Grotte gewartet, ich hatte einen Heidenbammel vor der Polente, ich sagte mir, daß sie mich wohl in der ganzen Umgebung suchen ... Drei Tage ohne etwas zu essen. Trinken konnte ich, da war zum Glück eine kleine Quelle hinten in der Grotte, das war noch ein Segen. Aber trotzdem, nach drei Tagen hatte ich solchen Hunger, daß ich herausgekrochen bin und mich an den Eingang der Grotte gesetzt habe. Ja.

– Wollen wir das Bett kaufen? fragte der Sohn.

– Und da am Eingang der Grotte?

– Ist jemand vorbeigekommen. Mein Leben hat angefangen.

– Sie haben gebettelt?

– Wenn Sie es so nennen wollen, sagte Marcelle nach einem Zögern.

– Dieses Bett?

– Gehen wir los, das ist eine Idee, sagte die Mutter. Was Sie auch getan haben, Mademoiselle, ich hätte es genauso gemacht. Ich kann alles verstehen, wozu Sie das Elend treibt, und der Hunger, wirklich alles, dafür habe ich Verständnis. Suchen Sie mit uns dieses Bett aus, zu dritt sind wir nicht zu viele für einen Rat.

Marcelle ging hinaus, um sich zu kämmen. Die Mutter lehnte sich in ihren Sessel und lachte.

– Wahrhaftig, was ich mit diesem Bett anzufangen habe ... Du liebe Zeit! ... Stell dir vor, bei all den Millionen, die ich habe, tritt mich meine Matratze jede Nacht in den Rücken ... Du liebe Zeit! ...

Marcelle, die sie hörte, fand, daß sich ihr Lachen gleiche, und sagte es.

– Eltern und Kinder gleichen sich auch in ihrem Lachen.

– Also tritt sie dich in den Rücken?

– Jede Nacht eine Feder mehr, bumm ... Du liebe Zeit! ... Ich sagte mir, dieses Bett zum Sterben, das kaufst du, wenn du deinen Jungen in Paris besuchst ... Das fiel mir halt so ein ...

– Du, du wirst hundert und ein Jahr alt ... Du liebe Zeit ...

Die Mutter wurde wieder ernst und beugte sich vor.

– Du weißt es jetzt ... Gold, Gold zu verdienen, sagte sie ganz leise.

Ich bin vor meiner Mutter tot, dachte der Sohn.

– Ich könnte nicht mehr ohne Paris leben.

– Paris? Wenn du merkst, daß das Geld fließt, fließt ... daß es die Schränke füllt, daß der Profit alle Tage steigt, alle Tage, verstehst du? Das ist Wasser auf die Mühle ... Du kennst keinen Überdruß mehr.

– Wie du geworden bist.

– Ich war so, aber das wußte man nicht, weder ich noch sonst jemand, denn ich war arm. Wir sind alle gleich, sind alle Geldmenschen, man braucht nur anzufangen, welches zu verdienen.

Er zögerte und sagte es, um sie ausnahmsweise einmal nicht zu belügen.

– Ich mag kein Geld.

Sie zuckte die Achseln vor soviel Kindlichkeit, fuhr fort.

– Keine Initiative, das läuft ganz allein. Du, du beaufsichtigst es. Das sieht nach gar nichts aus, beaufsichtigen, nun, und nach zwei Monaten kannst du es nicht mehr entbehren. Du beaufsichtigst, du beaufsichtigst, dauernd, alles.

– Ich möchte dir keinen Kummer machen, aber ich glaube, daß ich kein Geld mag.

Das Gesicht der Mutter verschloß sich unter der Beleidigung.

– Ich dachte es mir.

– Ich auch, aber nicht doch – er beugte sich zu ihr – hör zu, am liebsten sind mir die Nächte, wo ich nach Hause komme und alles verloren habe, abgebrannt, restlos blank.

Sie wollte ihn noch nicht hören.

– Du beaufsichtigst. Du siehst zu. Du merkst, daß ohne dich nichts klappt. Achtzig Männer in deiner Hand. Ich gebe sie dir.

– Ich würde mich schämen, ich, der nie etwas getan hat.
– Aber ich, ich schäme mich nicht mehr – sie versuchte zu lachen –, eigentlich ... auch das wollte ich dir sagen, ich schäme mich nicht mehr ...
Entrüstet streckte sie die Hände gen Himmel.
– Und die Arbeit, die Arbeit, die Leute, die arbeiten ... das ekelt mich an ...
Er gab es auf.
– Was hast du in deinem Leben ertragen, wenn ich bedenke.
– Letzten Endes nicht mehr als eine andere, sagte die Mutter mit veränderter Stimme.
– Was du alles unternommen hast.
– Nichts. Ich war verrückt. Und dieses Bett?
– Ich bin fertig, rief Marcelle.
Sie kam. Der Sohn erhob sich. Aber die Mutter blieb sitzen, die Augen in der Ferne.
– Ich nehme deinen Mantel?
– Meinetwegen.
– Hast du es dir vielleicht anders überlegt?
– Ich weiß es nicht.
Sie stand trotzdem auf, zog den Mantel an, den ihr der Sohn reichte, betrachtete sich im Spiegel, sah sie hinter sich stehen und wandte sich betrübt lachend um.
– Was machen wir für einen Eindruck, wir drei?
Marcelle und der Sohn schauten ihrerseits in den Spiegel.
– Sie haben recht, wir passen schlecht zusammen, sagte Marcelle.

Die Mutter setzte sich wieder, tat kindlich.
– Nein, ich möchte dieses Bett nicht mehr. Nein, bestimmt nicht. Ich möchte lieber noch einmal schlafen.
Der Sohn nahm wieder Platz und Marcelle auch.
– In den Galeries Barbès ist augenblicklich gerade Ausverkauf.
Sie waren sich alle drei über den Ausverkauf einig, genau wie über das Essen, aber noch einmal aus unterschiedlichen Gründen: Marcelle und Jacques, weil ihnen nie eine Ausgabe völlig gerechtfertigt erschien, es sei denn, sie diente dem Vergnügen; die Mutter, weil sie seit langem gewohnt war, beharrlich zu sparen. Dennoch widerstand sie, an jenem Tage, der Anziehungskraft des Ausverkaufs.
– Selbst im Ausverkauf, sagte sie, möchte ich das Bett nicht mehr, es ist ein Kreuz.
– Warum sagst du das?
– Weil ich kein Ende finde und da brauche ich noch ein Bett ... und sieh mich an, was das für einen Sinn hat, wenn ich noch ein Bett bekomme ... Es ist ein Kreuz.
– Wenn du es dir noch einmal anders überlegst, es ist schon spät, sagte der Sohn, wir müßten uns beeilen. Im Magenta gibt es weiter nichts als Bettenausverkauf.
– Nein, ganz bestimmt nicht, das Bett kann warten.
Der Sohn stand auf, zog sein Jackett aus und legte es auf einen Stuhl.
– Aber kümmert euch nicht mehr um mich, ich will schlafen, stöhnte die Mutter. Diesmal will ich schlafen.

Sie ließ sich in das Zimmer bringen. Er legte sie auf das Bett wie eine Stunde zuvor, sie ließ es mit sich geschehen, verlangte nichts mehr, und sie schlief ein. Er kehrte ins Eßzimmer zurück, wartete, Marcelle an seiner Seite, noch darauf, sie wieder aus ihrem Zimmer auftauchen zu sehen, von neuer Unruhe gepeinigt. Aber sie kam nicht wieder. Und auch sie schliefen über dem Warten ein. Es war zwar ein schöner Frühlingstag, aber sie verschliefen ihn alle drei. Denn sie hatten auch das gemein, dem Schlaf nicht die allgemein übliche Zeit zu widmen und zu jeder Stunde und bei jedem Licht zu schlafen. Marcelle und der Sohn, um ihre bedrückenden Mußestunden totzuschlagen, die Mutter, um ein bißchen über ihren allzu quälenden Hunger hinwegzukommen.

Sie schliefen bis zum Anbruch der Nacht. Sie nahmen sich die Zeit zum Essen, versuchten, ohne es jedoch zu schaffen, die zwei Kilo Sauerkraut aufzuessen, die die Mutter am Morgen gekauft hatte. Sie aßen vergnügt, tranken Beaujolais dazu und langten gegen zehn Uhr in Montmartre an. Das Lokal war nett, die Flasche Champagner kostete dort zweitausendfünfhundert Francs, was es einstufte, denn das war ein guter Preis für das Jahr. Jacques ging sofort zum Wirt: ein einäugiger Mann, der wohl auch allerhand hinter sich hatte, aber bei dessen Geschäftsgier man einen bitteren Geschmack im Mund bekam, als hätte man sich erbrochen. Schon im Smoking, schüttelte er Cocktailshaker.

– Du kommst zu früh, Jacquot, wie kommt denn das?

– Meine Mutter ist da, – er stellte sie vor – wenn es dir recht ist, will sie während unserer Arbeitszeit im Lokal auf uns warten.
– In einer recht versteckten Ecke, sagte die Mutter, sie war befangen und sagte kindlich – mit einer guten Flasche Champagner.
Der Wirt überlegte, aber der Champagner war verlockend. Die Mutter verstand ihn, warf sich in die Brust, nahm die königliche Haltung der Vermögenden an. Der Wirt gab nach.
– Sehr erfreut, sagte er, ich habe viel von Jacques' Mutter gehört.
– Den Moët gut gekühlt. Soviel für den Anfang.
– Jawohl, Madame. Jacques spricht oft von Ihnen.
– Ich bin sein Stolz, deshalb. Ich bin in dem Alter, wo man im allgemeinen stirbt, sehr reich geworden.
– Heute abend essen wir nicht, sagte der Sohn, wir haben uns den Bauch vollgeschlagen, bevor wir fortgingen, was haben wir zusammengegessen.
Seine Eindringlichkeit entging dem Wirt nicht. Er geleitete die Mutter an einen Tisch, tatsächlich in einer Ecke.
– So, Madame, nun können Sie das Schauspiel genießen, ohne davon belästigt zu werden.
– Wenigstens ein Dessert, ja? zum Champagner, bat die Mutter.
– Meinetwegen, sagte der Sohn mit ernsthaftem Stolz, der sich natürlich gab und zu dem ihm das Leben, das er führte, nur selten Gelegenheit gab.
– Einen Pfirsicheisbecher, glaub mir, der wird dir schmecken.

Der Wirt lächelte. Jacques und Marcelle verkündeten, daß sie sich umziehen müßten. Die Mutter war erstaunt, aber sie sagte nichts.
– Sie müssen Abendkleidung anziehen, erklärte der Wirt.
– Ich weiß.
Aber sie wußte nichts. Ihre Augen sagten es ganz einfach. Unbehagen zog über die Augen des Wirtes, der sich lieber wieder zur Bar wandte und Eis in einen Kübel schichtete, um den Moët hineinzustellen. Er bestellte ihn sehr laut durch eine Tür hinter der Bar, ebenso die Eisbecher. Auf Hockern saßen zwei Gäste beim Würfelspiel und tranken Martini. Er kümmerte sich auch um sie. Die Mutter blieb allein, durchforschte den Raum, der Mund schlaff vor Staunen, vor Entsetzen vor so vielen Unbekannten. Der Wirt dachte: Mein Gott, wie alt sie ist, die Mutter von Jacquot. Er hatte auch eine Mutter gehabt, eine Spanierin, das war sehr lange her. Die Erinnerung durchdrang eine Sekunde die Hast seines Lebens, und er fand, diese dort sehe ihr ähnlich. Er ging mit dem Moët zu ihr.
– Ich werde mich ganz ruhig verhalten, sagte sie zu ihm, haben Sie keine Angst; ihre Stimme zitterte. Mein Gott, wie alt sie ist, die Mutter von Jacquot, dachte der Wirt abermals. Sie zog ihre kleine schwarze Jacke aus und hängte sie, sich umdrehend, sorgfältig und schonend über ihre Sessellehne. Das Gold an ihren Armen funkelte, wie die Diamanten an ihren Fingern, bei jeder Bewegung mit allen Feuern. Der Wirt vergaß seine eigene Mutter.

– Ich hatte meinen Sohn seit fünf Jahren nicht gesehen. Ich mußte ihn wiedersehen. Wenn man sich über meine Anwesenheit hier wundern sollte, können Sie das sagen, und daß ausnahmsweise ...
– Aber Madame, Ihre Anwesenheit hier ist mir doch eine Ehre ... Ich werde die Wahrheit sagen, daß Sie die Mutter unseres Kameraden Jacques sind.
– Natürlich, sie zögerte, natürlich ... Wissen Sie, in meinem Alter versteht man von allem nur noch die Hälfte, ich möchte sogar sagen, daß man nur noch die Hälfte sieht ... Sie könnten zum Beispiel sagen, daß Sie nicht wissen, wer ich bin, daß ich einfach so hereingekommen bin ... Daß Sie nicht für Ihre Gäste verantwortlich sind ... Aber sagen Sie meinetwegen die Wahrheit, wenn Sie es für besser halten. Setzen Sie sich einen Augenblick zu mir, Monsieur.
Er setzte sich, ungern und befangen, den Blick auf die Armbänder und die Ringe gerichtet, ein bißchen neugierig auch.
– Ich will Sie nicht aufhalten, Monsieur. Eine Minute. Ich wollte Sie etwas Unbedeutendes fragen ... Es ist sehr lange her, daß ich meinen Sohn nicht gesehen habe, und ich weiß nicht recht, was ... was er eigentlich bei Ihnen treiben mag. Seit einigen Jahren mache ich mir viel Gedanken, ob ich überhaupt das Recht habe, mich in die Angelegenheiten meiner Kinder einzumischen, weil es so viele gibt, die in dem Alter überhaupt nicht mehr überwacht werden. Deshalb brauchen Sie mir, wenn Sie wollen, nicht zu antworten.
Der Wirt servierte zwei Glas Champagner, trank, die Mutter auch, und steckte sich eine Zigarette an.

– Er arbeitet gerade erst vierzehn Tage bei mir, sagte er.
Er hatte schuldbewußte Augen. Die Mutter merkte es nicht.
– Zwischen Mutter und Kind redet man nicht viel, entschuldigen Sie. Es ist reine Neugier von mir, weiter nichts.
Sie hatte ganz leise gesprochen und lächelte nicht mehr. Ihre Augen waren schon halb tot. Mitleid zog durch das verbitterte Herz des Wirtes.
– Wissen Sie, ich kann alles über meinen Sohn hören.
Der Wirt vergaß die Armbänder.
– Ich verstehe, sagte er. Jacques ist nett, aber ... er ist ein bißchen leichtsinnig.
Die Mutter hob abwehrend die Arme.
– Danach frage ich Sie nicht, stöhnte sie.
Er streckte die Hand vor, legte sie auf das Gold der ihren.
– Das hat keinen Namen, was Jacquot macht.
Sie zog ihre Hand weg, trank Champagner, schlug die Augen nieder.
– Ich danke Ihnen, daß Sie gesprochen haben.
– Alles und nichts ...
Die Mutter tat, als erlahme ihr Interesse am Zuhören, ohne daß sie jedoch den Mann ansehen mochte.
– Er empfängt die Gäste, er tanzt, lauter Dinge, die nicht anstrengen.
Mit seinem Latein am Ende, entschuldigte er sich, ihr nicht mehr darüber sagen zu können.
– Aber was denn, sagte die Mutter, ich weiß, was ich wissen wollte.

Sie lächelte erhaben und fragte noch:
– Und solche Leute wie meinen Sohn, gibt es sie an allen derartigen Orten?
– Ja.
– Es ist eben auch ein Beruf, nur hat er keinen Namen, komisch.
– Der Name hat nichts zu bedeuten.
– Es wäre nur praktischer, nur in diesem Sinne sagte ich es, nur in diesem Sinne.
Wie man tröstet, wechselte der Wirt den Gesprächsgegenstand.
– Sie haben schönen Schmuck.
Die Mutter hob die Arme, besann sich darauf, betrachtete ihn.
– Ach, er ist schwer, stöhnte sie. Ich bin sehr reich, ja, und ich trage meinen ganzen Schmuck bei mir. Ich habe eine Fabrik. Achtzig Arbeiter. Ich frage mich, was sie wohl ohne mich treiben. Ich möchte nicht mehr daran denken. Ein bißchen Champagner bitte.
– Oh! das Auge des Herrn, das ist auch mein Grundsatz, nichts ersetzt das Auge des Herrn; ziemlich verwundert servierte er den Champagner.
Die Mutter trank den Champagner, setzte das Glas ab und sagte müde:
– So sagt man, aber das Wesentliche ist, daß man daran glaubt.
Sie dachten dasselbe. Der Wirt schwieg betreten und wurde von der Hast seines Lebens wieder eingefangen. Im übrigen traten Gäste ein, er entschuldigte sich und kehrte zu seiner Bar zurück. Die Mutter blieb allein, bis der Sohn und Marcelle erschienen, in Smo-

king und Abendkleid. Der erste Blick des Sohnes galt seiner Mutter. Sie setzte die Brille auf und sah ihn an. Der Wirt nahm sich immerhin die Zeit, sie eine Sekunde zu beobachten, dann vergaß er sie, schüttelte einen Shaker. Der Sohn und Marcelle setzten sich schweigend an den Tisch der Mutter. Sie fand, daß er noch sehr schön sei, aber sobald sie da waren, neben ihr saßen, setzte sie die Brille ab und steckte sie wieder in die Tasche. Da sie sah, daß ihr Sohn beschämt war, ließ sie vom Anschauen ab. Und nur darunter litt sie, daß er sich schämte. Litt sie und wunderte sich zugleich, daß er, in seiner Beschämung vor seiner Mutter, von einer so köstlichen Jugend war, und daß sie ihn endlich vollends wiederfand, ebenso durchsichtig wie einst, in diesem Abendanzug. Sie fragte sich dunkel, am dunstigen Horizont ihres verfallenden Verstandes, was ihn ihr so erhalten hatte, ihr, unter allen diesen Menschen, und sie fand, daß sie Glück hätte.

– Er steht dir gut, der Smoking, sagte sie.

– Du sagst es, sagte der Sohn.

– Ein bißchen Champagner, mein Sohn?

– Ja. Weißt du, ich beklage mich nicht, es ist alles meine Schuld.

– Alles, was? fragte sie. Ihr Blick war hell. Er beruhigte sich, die riesige Schuld seiner Abstammung war wieder einmal von ihm genommen. Aber er hatte ein ganz kleines bißchen Lust zu weinen, wie am Morgen.

– Ich darf euch nicht stören, sagte die Mutter, wenn ihr gleich mit eurer Arbeit anfangen müßt. Aber ich

möchte gern ein Glas Champagner mit euch beiden trinken, Kinder.
– Aber es ist doch nicht davon die Rede, etwas anderes zu tun, sagte der Sohn.
– Oh! Ja, Champagner mit Ihnen, sagte Marcelle ... wenn Sie wüßten ...
– Was, Mademoiselle?
– Was das für Freude macht, Sie hier zu wissen, in diesem Lokal.
Die Mutter setzte die Brille wieder auf und sah Marcelle an, was sie bis dahin unterlassen hatte. Sie war ausgeschnitten und derartig geschminkt, daß man sie kaum erkannte. Schön und jung, noch jung. Die Mutter setzte die Brille ab, verstand, was sie bis dahin zu verstehen versäumt hatte, und errötete plötzlich unter dem Eindruck dieser Entdeckung: was Marcelle im Leben gewesen war, seit sie, vom Hunger getrieben, die Grotte verlassen hatte, mit sechzehn Jahren. Die Erinnerung an großes Mitleid wühlte ihr Herz auf.
– Und diese Eisbecher, sagte sie, dauert das lange.
Marcelle stand auf, ging zur Bar, sprach mit dem Wirt, der ihr sagte, daß die Eisbecher kämen, und wartete darauf.
– Sie ist nett, sagte die Mutter.
– Darauf kommt es nicht an; der Sohn winkte ab.
– Ich hatte nicht verstanden.
– Das ist gleichgültig, sagte der Sohn mit niedergeschlagenen Augen, davon spreche ich nicht, sondern von ihr in bezug auf mich. Mir wäre es ein leichtes, von dem übrigen zu sprechen.

– Siehst du, mein Sohn, von dem Champagner werde ich wieder müde.
– Diese ganze Reise, um mich zu sehen.
Zweifellos hörte die Mutter nicht. Drei schwarze Musiker, ebenfalls im Smoking, stiegen auf ein Podium und stimmten ihre Instrumente, ein Saxophon, ein Schlagzeug, eine Trompete. Die Mutter setzte die Brille auf und besichtigte sie nicht ohne Neugier. Zwei Paare traten ein. Die Kapelle spielte einen Tango. Marcelle kam mit den Eisbechern, und sofort begannen sie zu essen, sie in einem Schweigen zu genießen, das ihnen bereits Gewohnheit war. Die Mutter hatte die Brille aufbehalten und lächelte vor Behagen, die Augen bald auf ihrer Schale, bald auf den schwarzen Musikern. Ein Paar stand auf und tanzte. Einer der Gäste von der Bar forderte gleich darauf Marcelle auf. Diese folgte ihm willig, sobald er erschien, ohne sich die Zeit zu nehmen, ihren Eisbecher zu leeren.
– Sie hatte nicht einmal ihr Eis aufgegessen, klagte die Mutter.
– Laß nur. Sie hat heute genug gegessen.
– Komisch – die Mutter sah ihren Sohn an –, man möchte sagen, daß dir leid tut, was sie ißt.
– Ich bin immer so gewesen. Wenn andere essen, tut es mir leid, mir tut leid, was sie essen. Ich weiß nicht warum.
– Vielleicht bist du doch nicht gut.
– Ich bin es nicht. Ich bin es nicht, weil es mir, wenn ich wirklich einmal Lust habe, gut zu sein, sofort wieder leid tut. Manchmal bringe ich ihr gutmütig ein Beefsteak mit, wenn sie es dann ißt, wenn ich sie

essen sehe, tut es mir leid ... Es tut mir, wie soll ich es dir sagen? bitter leid.
– Ja, es ist wirklich komisch, daß du so bist ... – die Mutter betrachtete diesen Sohn forschend, versuchte in seinem Herzen klar zu sehen –, ich kann nicht behaupten, wenn andere essen, wer es auch sei, dann freut es mich.
– Wenn sie das Beefsteak ißt, das kommt mir so vor, als ob es der Welt weggenommen würde. Ich weiß nicht, warum.
– Vielleicht will das gar nichts heißen, wenn man andere gern essen sieht, weder daß man gut ist noch sonst etwas, nichts. Das ist vielleicht so, wenn man Kinder gehabt hat, weiter nichts.
Sie sprach beschwichtigend, aber er, der Sohn, war immer für schnelle Verallgemeinerungen gewesen, als hätte ihn die Zeit gedrängt.
– Ich meine es nie mit jemandem gut, nie. Ich bin schlecht.
In den Blick der Mutter trat Wehmut und verzweifelte Zärtlichkeit.
– Es ist wahr, daß du es nie mit jemandem gut meinst ... ich besinne mich ... Manchmal frage ich mich, wie ich an dich geraten bin ...
– Weißt du, von Zeit zu Zeit kommt es vor, man kann nicht anders, aber danach, da bereut man es eben.
– Und dabei, im allgemeinen, dein Vater und ich selbst ... ich sage nicht jetzt ... wir meinten es eigentlich gut, wie mir scheint – suchte sie in ihren Erinnerungen.
– Suche nicht zu verstehen – der Sohn lächelte, denn

die Wendung, die das Gespräch nahm, begann ihn zu beunruhigen.
– Aber die Kinder kommen von so weit her, klagte die Mutter, so weit. Mit allen den Geschlechtern, die hinter uns liegen ... O ja! Es ist ein Kreuz ... Ich möchte, daß du mir ein bißchen Champagner gibst. Da denke ich schon wieder an diese Männer in meiner Fabrik. Das kommt immer wieder, wie Migräne.
Er füllte ihr vorsichtig den Boden des Glases.
– Wie Migräne. Und wenn ich daran denke, werde ich böse. Ich weiß auch nicht, warum.
Sie trank. Sie schwieg, durchforschte den Raum, um zu sehen, ob da nicht eine sei, um die er sich hätte kümmern müssen.
– Aber du bist nicht so böse, nein, begann die Mutter wieder, es ist einfach so, daß du es sein möchtest, vollkommen, wie du alles willst, vollkommen böse sein, jawohl ...
– Vielleicht – er lachte –, gib es auf.
– Aber im Grunde deines Herzens bist du nicht schlecht, nein, ich weiß es. Für mich ist das etwas anderes. Verstehst du, für mich ist es so, daß ich nichts mehr wissen will. Nichts mehr verstehen will, nichts – sie holte weit aus zu einer wegwerfenden Geste. – Mir auch keine Märchen erzählen. Wenn zum Beispiel ihre Frauen sie abholen, mit schönem Schmuck, mit goldenem Schmuck wie meinem, wo ich sechzig Jahre gebraucht habe, um ihn zu verdienen, nun, dann habe ich Lust, sie umzubringen ... Und ich verhehle es mir nicht, ich sage es mir ...
– Schlampen.

Noch einmal entgeistert über diesen Sohn brach die Mutter ab und schwieg.

– Warum sagst du das?

Er zuckte zusammen, als habe man ihn aufgeweckt.

– Ich weiß es nicht. Weil ich schlecht bin.

Die Mutter zweifelte noch.

– Es ist immerhin nicht ihre Schuld.

– Das stimmt, es ist nicht ihre Schuld. Du siehst, wie ich bin – er lachte auf.

– Nur, um mir Freude zu machen, ich weiß es.

Er antwortete nicht.

– Nein, nein, stöhnte sie ... du verstehst es nicht. Es ist nicht ihre Schuld, sondern ich ... was ich dabei finde ist ... daß sie arbeiten ... – sie vergrub ihren Kopf in den Händen, um ihr Leid darin zu verbergen – daß sie arbeiten wie die Pferde ...

Ihre Stimme brach und begann zu schluchzen.

– Und daß du, mein Junge, daß du nichts tust ...

Er ergriff ihre Hand und redete liebevoll auf sie ein.

– Das ist Blödsinn. Warum an mich denken? Leute wie ich zählen nicht ganz ... Ich meine, doch, sie zählen, natürlich ... aber nicht in der Gesellschaft.

Sie blickte ihn an, ungläubig. Er lächelte.

– Ich kann nicht anders, stöhnte sie. Ich bin so böswillig. Das kommt zweifellos daher, daß ich so alt geworden bin, so alt ... Wer weiß, woher ich das habe? Ich kann nicht mehr gegen solche Gefühle ankämpfen ... ich habe nichts mehr – sie öffnete die Hände, streckte sie ihm hin – kein Herz mehr, keine Moral ... nichts. Gib mir noch ein bißchen Champagner, los.

– Du darfst nicht zu viel trinken, Mama.
– Aber das tut mir doch gut, mein Junge.
– Stimmt – er schlug die Augen nieder.
Einige Gäste waren schon aufgebrochen. Zwei Paare tanzten, begehrend umschlungen, weltvergessen. Der Wirt schüttelte wieder einen Shaker. Dem Sohn ging eine Bemerkung durch den Kopf, er zögerte, aber sagte sie schließlich.
– Du jedenfalls hast zu viele Armbänder, sagte er lächelnd.
Die Mutter lächelte auch, betrachtete ihre Arme, gerührt.
– Glaubst du?
– Ein richtiges Schaufenster. Ehrenwort.
– Was soll ich also damit machen?
– Du legst sie brav in den Schrank, du schließt ihn ab, du denkst nicht mehr daran.
– Ich könnte nicht leben, seufzte die Mutter. So etwas kommt mit dem Geld.
– Mußt es versuchen, Mama.
So viel Eindringlichkeit nahm sie doch wunder.
– Findest du wirklich?
– Wirklich. Siebzehn Stück an zwei Armen, das ist unsinnig.
– O weh! – die Mutter lachte – es ist ein Kreuz!
– Ich wollte dich etwas anderes fragen, wenn du es mir überhaupt sagen kannst. Ich wollte dich fragen, warum du derartig an diesem Werk hängst.
Die Mutter versank in Gedanken, schloß die Augen.
– Ich habe weiter nichts mehr, sagte sie, als das.
Sie berührte ihre Arme, betastete sie wie billige Ware.

– Weiter nichts, begann sie wieder. Keine Kinder mehr. Keine Haare. Sieh doch die Arme an, die ich da habe ... Weiter nichts als diese Fabrik.
– Das Leben ist doch belämmert eingerichtet – aber der Sohn hörte nicht mehr zu.
– Wenn ich bedenke, ich sehe euch noch vor mir, wenn ich bedenke, daß ihr alle dagewesen seid und geschlafen habt wie die Engel in allen Ecken des Hauses ... im Schatten der Vorhänge, der grünen, weißt du noch ... und daß ich weinte, weil ich Schulden hatte. Daß ihr dagewesen seid und daß ich weinte.
– Ich weiß es noch. Ich stand nachts auf, weil ich mal mußte, und fand dich, du saßest im Dunkeln und weintest. Einmal, ich war acht Jahre alt, da hast du mich gefragt, wie du da herauskommen solltest.
– Ach! In voller Blüte, bärenstark, und ich weinte ... Ich weine nicht mehr. Das wollte ich dir auch sagen, daß ich mir geschworen habe, nie mehr über etwas zu weinen, über gar nichts, verstehst du recht? über nichts. Das soll meine Strafe sein, weil ich in meinem Leben so dumm gewesen bin.
– Du hast recht, aber sieh mal, ich muß diese Frau, die dort sitzt, rechts von der Kapelle, zum Tanzen auffordern.
– Ich habe dich gelangweilt, stöhnte die Mutter.
– Nein nein, Mama, aber meine Arbeit ist das Tanzen.
Die Mutter sah die Frau an. Sie war schön und blickte zu ihrem Sohn. Sie tanzten. Als der Wirt die Mutter ganz allein sah, kam er an ihren Tisch, fragte sie, wie die Eisbecher gewesen seien.
– Gut, sagte die Mutter. Sie hatte gerade entdeckt,

daß Marcelle noch immer tanzte, immer mit demselben Gast.
– Dieses junge Mädchen tanzt gut, sagte sie.
– O ja, sagte der Wirt.
Marcelle tanzte, der Mutter zulächelnd, gleichmütig mit ihrem Partner. Der Wirt lächelte ihr seinerseits zu, aber sehr professionell. Jacques selbst tanzte nicht mehr wie vorhin mit niedergeschlagenen Augen und von Trübsal und Ekel geschwelltem Mund. Die Dame gefiel ihm, und er versuchte nur, es nicht allzusehr zu zeigen. Die Mutter verstand ihn und richtete ihr Augenmerk auf Marcelle.
– Sie hat doch ein schönes Lächeln, sagte sie.
– O ja, sagte der Wirt abermals, vergeblich Einverständnis suchend.
Die Mutter nickte Marcelle freundlich und ermunternd zu und lächelte sie an. Wie alt sie ist, die Mutter von Jacquot, dachte der Wirt wieder, sie ist nicht mehr ganz da. Zweifellos hatte sie vergessen, wer Marcelle war, und glaubte, sie tanze nur zu ihrem Vergnügen. Man hätte sich übrigens darüber täuschen können. Marcelle hatte ständig Augen für die Mutter und lächelte über die Freude, die es dieser machte, ihr beim Tanzen zuzusehen. In den Armen ihres Tänzers durfte sie endlich eine Mutter für sich allein genießen. Ein bißchen ärgerlich kehrte der Wirt zur Bar zurück. Neue Gäste kamen. Es war ein Samstagabend, es war voll. Die Gäste traten ein, erblickten sofort diese goldbedeckte alte Frau, die trotz des Platzes, den ihr der Wirt zugewiesen hatte, sehr auffiel. Sie fragten lächelnd wieso, warum sie sich an einem solchen Ort

befinde. Man sagte es ihnen. Aber die Mutter bemerkte ihre Überraschung nicht, war völlig von ihrem Interesse für Marcelles Tanz gefangen. Sie sah in den verschleierten Lichtern des Raumes sehr blaß aus. Von Gold beschwert, gekettet, stachen ihre mageren Arme grell von ihrem schwarzen Kleid ab.

Marcelle verschwand durch die Tür der Bar. Die Musik setzte niemals aus, und auch die ständig eng umschlungenen Paare hörten nicht zu tanzen auf. Da Marcelle nicht wiederkam, vermißte sie die Mutter ein wenig, fragte sich dunkel, was sie wohl treiben mochte, fragte es sich böswillig, während sie es ja ahnte, denn sie war schon ein bißchen berauscht, und alt, und nachgerade unmoralisch. Die Dame ging allein fort. Der Sohn suchte also seine Mutter auf.

– Wenn du willst, sagte sie zu ihm, können wir noch eine Flasche Moët bestellen.

Eifrig bestellte sie der Sohn vom Tisch aus, indem er dem Wirt ein Verständigungszeichen gab. Der Wirt eilte herbei, entkorkte die neue Flasche und schenkte der Mutter ein. Sobald sie getrunken hatte, erklärte sie:

– Ich habe Hunger.

– Nein, sagte der Sohn. Nach allem, was du heute gegessen hast, ist das nicht möglich. Das bildest du dir ein.

– Das ist, weil ich so alt bin, das verstehst du nicht, stöhnte die Mutter ganz leise.

Aus dem Abgrund der Zeiten, schon vergangen wie eine Erinnerung, lächelte sie ihm entschuldigend zu. Er beugte sich zu ihr und ergriff ihre Hand.

– Ich habe es mir nicht ausgesucht, daß ich so bin, murmelte er, es ist noch immer so, als wäre ich zwanzig Jahre alt. Ich weiß immer noch nicht, was mit mir los ist.
– Ich weiß. Aber das ist kein Grund, traurig zu sein.
Er beugte sich noch ein bißchen mehr zu ihr.
– Ich kann nicht arbeiten.
Vor derartigen Geständnissen beschwerte sie die Mutterschaft noch ebenso heftig wie in früheren Lebensjahren. Sie gab keine Antwort.
– Ich werde nie arbeiten können.
– Trotzdem, mein Sohn – aber sie hatte keine Überzeugung mehr – trotzdem gibt es Gold, Gold zu verdienen.
– Nach zwei Tagen würde ich davonlaufen. Als stünde ich abseits, sei nicht ernst zu nehmen. Ich werde es nie schaffen. Mir fehlt etwas.
– Denk nicht daran, mein Junge, sei nicht traurig.
– Ich weiß nicht recht was, aber daß mir etwas fehlt, steht fest.
– Dir fehlte nichts. Nur ...
– Was?
– Du schliefst, du schliefst. Du wolltest nicht in die Schule gehen. Du schliefst.
– Nein, das erklärt nicht alles, nein, das ist bestimmt von etwas anderem gekommen.
– Von mir. Von nichts weiter als von mir, von mir, die dich schlafen ließ. Du wolltest nicht in die Schule gehen, ich ließ dich gewähren, ich ließ dich schlafen.
– Oh, ich weiß es noch, du sagst es, und wie ich es noch weiß ...

Noch immer verlockte ihn, in seinem Alter, ein solcher Schlaf.

– Und alle Kinder der Welt würden so schlafen, anstatt in die Schule zu gehen, wenn man sie nicht weckte. Ich . . . ich weckte dich nicht.

– Doch, du wecktest mich, doch doch. Ich besinne mich sogar, wie du mich wecktest, du sagtest zu mir . . .

– Nein. Das ist nicht wahr. Die fünf anderen, ja, dich nicht. Dich, alle Tage, das konnte ich nicht.

Sie senkte feierlich die Lider und sagte wie eine schmerzliche Sentenz:

– Ich hatte für deinen Schlaf eine wahre Vorliebe.

Sie setzte die Brille ab, ließ sich von einer Müdigkeit übermannen, die so sichtbar war wie der Tod.

– Ich bin plötzlich ein bißchen müde, das kommt von diesem Flugzeug . . .

– Aber wenn ich dir doch sage, daß ich mich besinne, ich besinne mich, wie du mich wecktest, du sagtest zu mir . . .

– Nein. Das kommt vor, nach fünf Kindern plötzlich eines, das man nicht weckt, warum? Es ist ein Kreuz.

Er wollte antworten, aber sie wollte nichts hören. Dennoch versuchte er es abermals.

– Und wenn du mich geweckt hattest, anstatt dann in die Schule zu gehen, siehst du, das ist der Beweis, nahm ich Nester aus.

– Nein und abermals nein. Ich verstand alles von dir und . . . nur von dir. Ich weckte dich nicht.

– Trinkt ein bißchen Champagner.

– Also hast du geglaubt, daß das Leben eben so sei.

– Trink.

Er schenkte ihr ein, reichte ihr das Glas. Sie trank. Er faßte wieder Hoffnung.

– Siehst du, wenn ich die anderen ansehe, sagte er in dem Ton, wie er gewöhnlich mit ihr plauderte, meine Brüder zum Beispiel, das begreife ich nicht, ich finde, daß sie ihre Zeit vergeuden.

Von Liebe verzehrt, mit flammendem Blick beugte sich die Mutter zu ihrem Sohn.

– Aber das ist doch dasselbe, mein Junge, das ist genau dasselbe. Was bildest du dir ein? Wenn ich zum Beispiel arbeite, so gefällt mir das eben. Das ist letzten Endes dasselbe ... arbeiten ... nicht arbeiten ... es genügt, wenn man anfängt, sich daran gewöhnt. Du würdest anfangen ... in einer Woche wäre es soweit ... das Wesentliche ist ...

– Gib es auf, Mama.

– Ja. Ich wollte sagen, das Wesentliche ist, daß man nicht zu viel nachdenkt, das ist alles.

Sie ließ sich zurückfallen, versank ganz plötzlich wieder in ihrer Müdigkeit.

– Aber dann darf man es nicht bedauern, sagte sie.

Er legte ihr den Arm um die Schultern, lachte.

– Sieh mich an. Sehe ich unglücklich aus?

– Das übrige ... das ist unwesentlich.

– Ich möchte dir nicht zu viel Kummer machen.

Sie antwortete nicht, überlegte.

– Man müßte es möglichst günstig verkaufen. Ihr werdet es euch teilen. Damit wäre es erledigt.

– Wenn ich es hätte, würde ich es in einer Nacht verspielen. Es ist besser, wenn du es verkaufst.

– Ja, du hast recht.

Man rief nach ihm. Er zögerte, aber seine Mutter ermunterte ihn zum Gehen. Sobald sie sie allein sah, befreite sich Marcelle von ihrem Tänzer und kam herbei.

– Ich habe Luft geschnappt, sagte sie, ich komme wieder, ich habe nur einen Tanz mitgemacht.

Die Mutter sah ihrem Sohn beim Tanzen zu. Marcelle setzte sich.

– Sie sehen plötzlich sehr müde aus, sagte sie.

Die Mutter gab noch immer keine Antwort. Marcelle blickte ihrerseits zu Jacques.

– Ich weiß nicht, warum ich derartig an ihm hänge, sagte sie ganz leise.

Die Mutter war noch immer bei dem Anblick ihres Sohnes, und Marcelle dachte, daß sie im Begriff sei einzuschlafen. Sie nutzte es aus, um ihr Herz auszuschütten, ganz leise.

– Ich glaube sogar, daß ich ihn liebe, sagte sie.

Bei diesen Worten erschauerte die Mutter.

– Ach, murmelte sie.

– Er nicht, er wird mich niemals lieben.

Aber die Mutter war noch einmal zu dem Anblick ihres tanzenden Kindes abgeschweift.

– Außerdem sagt er es mir. Niemals wird er mich lieben, nie, nie.

Der Mutter fiel sie wieder ein, sie musterte sie mit leeren Augen.

– Er wollte nicht in die Schule gehen, sagte sie, niemals.

– Nanu . . . nie, nie?

Die Mutter schüttelte den Kopf.

– Nie. Das ist an allem schuld. So hat es angefangen.
– Und warum?
Die Mutter öffnete die Hände und breitete sie ohnmächtig aus.
– Ich weiß es heute noch nicht, ich werde es niemals wissen.
Sie schwiegen eine Weile, dann kam Marcelle wieder auf ihre eigenen Sorgen.
– Wenn er mich wenigstens bei sich behielte ... weiter verlange ich nichts, nur daß er mich dableiben läßt.
– Es gibt Kinder, die anderen zum Beispiel, die ihren Weg ganz allein machen, man braucht sich nicht um sie zu kümmern. Bei anderen, nichts zu machen. Sie sind gleich erzogen, sie sind vom gleichen Fleisch und Blut, und dann sind sie so verschieden.
Marcelle schwieg. Die Mutter besann sich auf sie.
– Und er will nicht, daß Sie bei ihm bleiben?
– Er will nicht. Alle zwei Tage setzt er mich vor die Tür.
– Das ist vielleicht doch wegen Ihres Gewerbes, er denkt vielleicht daran, ein Mann kann das vielleicht nicht vergessen, ich weiß nicht, ich ... ich bin mein Leben lang die Frau eines einzigen Mannes gewesen, also ...
– Er gibt sich keine Mühe, es zu vergessen, es wäre vielleicht das Gegenteil.
– Keine Zeit gehabt, fügte die Mutter, vom Alter betäubt, hinzu.
– Das ist nicht so sehr mein Gewerbe, aber sowie er eine Frau hat, schielt er nämlich nach einer anderen, das ist es vor allem. Das nimmt kein Ende.
– Das ist der Lauf der Welt.

– Sie haben recht, sagte Marcelle nach einem Zögern.
– Und wenn er Sie fortjagt?
– Dann habe ich kein Dach über dem Kopf.
Marcelle fing mit kleinen, harten Schluchzern an zu weinen. Die Mutter wandte sich zu ihr und musterte sie von Kopf bis Fuß, das Auge von Müdigkeit und Champagner verschleiert.
– Mademoiselle. Ich würde Ihnen wohl sagen, kommen Sie zu mir, aber . . .
Marcelle fuhr auf, mit vorgestreckten Händen. Die Mutter sah sie nicht mehr an, sie pochte mit niedergeschlagenen Augen auf den Tisch.
– Aber ich bin zu müde, erklärte sie.
Marcelles Tränen flossen heftiger.
– Aber Madame . . .
– Es ist erst, warten Sie, fünf Jahre, drei Jahre her, da hätte ich Ihnen gesagt: kommen Sie zu mir, weil Sie kein Dach über dem Kopf haben. Jetzt, nein und abermals nein, ich sage es Ihnen nicht.
Sie betrachtete Marcelle noch einmal, noch einmal von Kopf bis Fuß mit verlockenden Augen.
– Nein und abermals nein, rief sie.
Der Wirt dachte hinter seiner Bar: sieh einer an! sie ist blau, Jacquots Mutter. Er nahm wieder einen Shaker und spähte ein wenig beunruhigt zu ihr hinüber. Marcelle wagte kein Wort zu sagen. Tränen rannen über ihre geschminkten Wangen.
– Das ist eben so, begann die Mutter von neuem und schlug noch einmal auf den Tisch, Sie könnten mich in Stücke hauen . . . nein und abermals nein, es ist vorbei.

Marcelle drängte es heftig zu ihr.
– Madame.
Die Mutter stieß sie zurück, wurde zornig, daß sie das wieder tun mußte.
– Es ist möglich, sagte sie. Aber es ist vorbei.
Sie ergriff mit zitternder Hand die Champagnerflasche, schenkte sich ein und vergoß dabei auf das Tischtuch. Marcelle beachtete es nicht.
– Wenn ich wieder an dieses gräßliche Werk denke, ganz allein, mit diesen achtzig Männern darin, die frei sind, frei . . .
– Alle zwei Tage. Und jedesmal komme ich wie ein Hund zurück, begann Marcelle wieder.
– Und dieses Haus, auch dieses Haus allein, abgeschlossen, zu nichts mehr nütze . . . ganz allein . . .
Marcelle tröstete sich ein wenig über ihr eigenes Los.
– Sie sind auch verdammt allein im Leben, sagte sie.
Aber die Mutter war ganz in Gedanken versunken. Noch weinend ergriff Marcelle Jacques' Glas und goß sich ihrerseits Champagner ein. Die Mutter reichte ihr mechanisch ihr Glas, und Marcelle schenkte auch ihr ein.
– Eigentlich genauso allein wie ich. Das ist kein Grund, das zu tun, was ich tue, genauso allein wie ich.
– Ganze Tage in den Bäumen, als gäbe es nichts weiter auf der Welt als das, als die Vögel . . .
Sie betrachtete ihn, der wieder tanzte, und sie sah, daß er ihretwegen beunruhigt war. Das betrübte sie noch mehr.
– Und dabei nicht einmal gut, was jeder Mensch sein könnte, ganz gleich wer . . . selbst der faulste . . . Er

jagt dieses Mädchen alle zwei Tage fort, einfach so, ohne Grund, einfach weil er nicht gut ist.
Mit abwehrender Handbewegung widersprach ihr Marcelle vorsichtig.
– Ich glaube nicht, daß es so ist, daß er nicht gut ist, es dürfte eher so sein, daß er vielleicht nicht ganz so ist wie die anderen ...
Die Mutter winkte ab, sie wußte genau, was los war.
– Er war vielleicht kein Kind wie die anderen, aber jetzt, sehen Sie ihn doch an.
Sie wies auf ihn. Marcelle lachte auf, herzlich und erfrischend. Die Mutter lachte auch und fuhr fort, weiter auf ihn weisend:
– Niemand ist einmalig, niemand, das gibt es nicht... aber sehen Sie ihn an, sehen Sie ihn doch an ...
Das ist das Ende, dachte der Sohn noch einmal.
– Sie haben recht, meinte Marcelle überzeugt und ganz so, als sei ihr das ein hinreichender Trost.
Sie tranken noch ein bißchen Champagner. Dann machte sich die Mutter wieder Gedanken über Marcelles Los.
– Sehen Sie, sagte sie, ich könnte zehnmal so allein sein in diesem Haus, oder vielmehr in dieser Fabrik, und trotzdem würde ich Ihnen nie sagen, kommen Sie zu mir.
Marcelle beugte der Gefahr vor.
– Sie dürfen nicht mehr daran denken, riet sie sehr liebevoll.
Aber die Mutter konnte nicht anders.
– Das ist so. Niemals. Ich bin nun einmal so geworden.

– Ich bitte Sie herzlich. Denken Sie nicht mehr daran.
Die Mutter geriet wieder in Zorn.
– Mit einem Fuß im Grabe, mutterseelenallein, will ich es zu niemandem mehr sagen.
Marcelle begann wieder zu weinen.
– Aber warum, warum wiederholen Sie mir das immerzu?
Die Mutter schlug wieder auf den Tisch.
– Also demnach hätte ich nicht das Recht, mir so etwas zu wiederholen?
Der Tanz endete. Der Sohn nahm sich nicht die Zeit, die Dame, mit der er tanzte, zurückzubegleiten, und kam zu seiner Mutter. Er legte ihr den Arm um die Schultern.
– Darfst nicht mehr trinken, Mama.
Er schüttelte Marcelle am Arm.
– Bist du verrückt, sie so viel trinken zu lassen?
Die Mutter wurde wehleidig, wandte sich an ihren Sohn.
– Ich will nichts mehr wissen, nichts. Ich habe Freude an dieser Fabrik, und man hat etwas dagegen?
– Wer? – Der Sohn wurde ein bißchen böse.
– Marcelle, sagte die Mutter und wies mit dem Finger auf sie.
– Das dachte ich mir. Verschwinde sofort.
– Sofort, weinte Marcelle auf.
Sie ging. Die Mutter bemerkte es nicht. Jacques setzte sich ihr gegenüber.
– Ich bin eine glückliche Frau! schrie die Mutter. – Einige Gäste wandten sich um. – Diese Fabrik macht mir Freude. Wenn ich hier bin, dann ist das nur eine

Formsache, weil ich mir gesagt habe, daß es meine Pflicht ist, meinen Sohn zu besuchen, noch das Unmögliche zu versuchen ... Weiter nichts, die Pflicht, aber mein Herz ist zu Hause.

Sie versuchte, sich Champagner einzuschenken, aber der Sohn nahm ihr die Flasche aus der Hand.

– Trink nicht mehr, Mama.

Die Mutter war empört, wandte sich an das Lokal, aber die mächtigen Klänge der Jazzmusik übertönten ihre Stimme.

– Neunhundert Kilometer bis hierher ... für drei Generationen gearbeitet ... nicht das Recht zu trinken?

– Mama.

Er versuchte ihre Hand zu fassen, aber sie sträubte sich.

– Nein und abermals nein, schrie sie, es ist genug.

Er goß ihr einen Tropfen Champagner ein. Sie trank und verschüttete ein wenig auf ihre Bluse. Oh, nein! dachte er verstört. Er wischte es rasch mit seinem Taschentuch fort. Bei dieser Geste legte sich der Zorn der Mutter mit einem Mal.

– Man fand dich in den Bäumen, stöhnte sie, wie du Nester ausnahmst ...

– Mama.

Sie soll machen, daß sie fortkommt, dachte er, das geht nicht mehr so weiter, nicht so weiter, nicht so weiter.

– Ganze Tage, bis zur Nacht ...

Er nahm die Champagnerflasche, füllte ihr Glas bis zum Rand, aber diesmal wollte sie nicht mehr.

– Wir wollen heimgehen. In zehn Minuten gehen wir heim. Denk nicht mehr daran.
– Ganze Tage, hoch oben in den Zweigen, wir riefen dich, wir riefen dich, du gabst keine Antwort. Ganze Tage ...
– Ja, in den Bäumen, ich besinne mich auch. Aber du darfst nicht mehr daran denken.
Sobald er sich besann, besann sich die Mutter auf etwas anderes und war nicht mehr so betrübt.
– Weißt du, in gewissem Sinne mißfiel mir das nicht... Die anderen arbeiteten so viel. Daß du in den Bäumen saßest, mißfiel mir nicht, das brachte mich halt auf andere Gedanken ...
– Und dann, sagte der Sohn freundlich, sind die anderen sehr gut geraten, eigentlich bin nur ich, einer von sechsen ...
Ihr Gesicht drückte unüberwindlichen Ekel aus.
– Rede nicht von ihnen, oh! Rede vor allem nicht davon ...
– Immerhin.
– Du kannst das nicht verstehen.
Marcelle lehnte an der Bartür und lauerte, während sie sich die Augen trocknete, auf eine Gelegenheit, zu ihnen, zu der Mutter zurückzukehren. Man forderte sie zum Tanzen auf. Sie folgte willig. Die Mutter gewahrte es und lächelte ihr zu.
– Da habe ich mir gesagt: »Diesen mache ich zum Kaufmann.« Das gefiel mir, der Handel. Und du, gefiel dir der Handel?
– Was das betrifft, ich glaube ja.
Er war zu jedem Zugeständnis bereit.

– Siehst du, das wußte ich. Aber es hat nicht geklappt. Ich habe es nie kaufen können ... Ein Restaurant, ja, um die Wahrheit zu sagen ... Verstehst du, was ich meine? Fester Preis, drei Gerichte, nicht mehr, ein Menu, keine Karte. Montags nur ein Gericht. Ein gutes Sauerkraut. Schön garniert. Schön heiß. Verstehst du?

Der Sohn beugte sich zu ihr und küßte sie lächelnd.

– Ich verstehe. Wir gehen heim und essen unseres, unser Sauerkraut. Mach dir keine Gedanken.

Zwei Amerikanerinnen waren eingetreten. Er begann nach ihnen zu schielen. Sie waren ohne Begleitung. Die Mutter merkte nichts, fuhr fort:

– Die Karte ist ein Unsinn. Warum so entsetzlich vielerlei? Gibt es so viele Unterschiede im Geschmack auf der Welt? Nein, nein. Das ist ein uralter Irrtum, ein Vorurteil. Alle Welt ist sich über das Wesentliche einig, es genügt, wenn ...

Der Sohn bedeutete ihr, daß er tanzen müsse.

– Noch einmal, das letzte Mal, dann brechen wir auf – er ging.

– Es genügt, wenn man die Gerichte gut zubereitet, anständig, alle Welt ist einverstanden.

Als sie dies gesagt hatte, versank sie plötzlich in Schlummer. Ihr Kopf schwankte, sank auf die Brust und rührte sich nicht mehr. Jeder blickte sie lächelnd, gerührt oder belustigt an. Der Wirt wartete das Ende des Tanzes ab und rief den Sohn.

– Sie darf nicht so schlafen ... Was macht mein Haus für einen Eindruck?

Der Sohn erbleichte, ballte die Fäuste.

– Das sind die zwei Flaschen Moët, die sie heimlich, still und leise heruntergekippt hat.
– Versteh mich –, der Wirt versuchte zu lächeln – versteh mich, Jacquot ...
– Ich will nicht, stell dir vor.
Er ging zur Mutter und rief sie ganz leise an. Sie schrak auf, blickte sich verwundert um.
– Komm, Mama, wir gehen heim.
– Ich bitte um Entschuldigung, murmelte sie kläglich, ich war so weit fort.
Er half ihr in die Jacke. Durch den Schlaf fröstelte sie.
– Dauernd friert mich, und ich habe Hunger.
– Wenn wir heimkommen, essen wir den Rest Sauerkraut, den ganzen Rest. Ich habe auch Hunger.
– Ja.
Marcelle hatte ihren Tänzer verlassen. Jacques' Zorn schüchterte sie ein. Sie stand abwartend vor ihnen beiden.
– Komm mit, sagte Jacques.
Sie gingen sich umziehen. Während ihrer kurzen Abwesenheit bekämpfte die Mutter den Schlaf mit der ganzen Kraft, die ihr noch blieb. Es gelang ihr, und sie verhielt sich schicklich. Als sie wiederkamen, eilte der Wirt mit der Rechnung in der Hand herbei. Die Mutter empfing ihn freundlich.
– Entschuldigen Sie, daß ich eingeschlafen war, aber ich bin sechs Stunden gereist, um meinen Sohn zu besuchen.
– Ach ja! sagte der Wirt wiederum.
Er reichte ihr die Rechnung. Die Mutter setzte die Brille auf und sah sie sich an. Verblüfft hob sie den

Kopf zum Wirt. Blickte dann wieder auf die Rechnung. Da sie offenbar nicht wußte, was sie davon halten sollte, reichte sie sie ihrem Sohn, damit er sie ihr vorlese.

– Fünftausend Francs, sagte er sehr unwillig.

Die Mutter nahm die Rechnung und legte sie sicher und entschlossen auf den Tisch, als wolle sie nichts mehr davon hören. Der Wirt lächelte mißverstehend. Die Mutter setzte die Brille ab.

– Nie. Das bezahle ich nicht.

Das Lächeln des Wirtes verflog. Der Sohn gab ihm ein verständnisvolles Zeichen, das würde sich finden. Er beugte sich zu seiner Mutter.

– Mama, sagte er ganz leise, ich will dir erklären ...

Sie schnitt ihm das Wort ab:

– Papperlapapp. Ich bezahle nicht.

Zorn und Schlaf rissen sie hin und her. Aber sie beharrte in ihrem Zorn.

– Lieber komme ich um.

– Fünf Minuten, sagte der Sohn zum Wirt.

Er bedeutete ihm diskret, zur Bar zurückzugehen. Würdevoll, ein bißchen erregt, gab der Wirt nach. Wenn sie nicht so alt wäre, dachte er, würde ich die Polente holen und sie rückte es schnell heraus. Er hatte seine eigene Mutter so vollkommen vergessen, als sei er Waise gewesen. Jetzt begriff jedermann im Saal, worum es ging. Dem Sohn war sterbenselend. Aber Marcelle blieb bei derartigen Unannehmlichkeiten gleichgültig.

– Das ist der Preis, fuhr der Sohn ganz leise fort, du kannst dich erkundigen, ich bin es gewohnt.

Marcelle kann es dir ebenso gut sagen ... Sag es ihr, Marcelle.

– Das sind überall die Preise, sagte Marcelle, die eifrig diese Gelegenheit wahrnahm, um bei Jacques wieder Gnade zu finden.

– Möglich, aber das ist mir egal.

Der Sohn geriet in Verzweiflung. Für so etwas möchte ich mich umbringen können, auf der Stelle, dachte er.

– Wenn du willst, sagte er zur Mutter.

Er setzte sich wieder, bedeutete Marcelle, es ebenfalls zu tun.

– Nie, sagte die Mutter schon schwankend.

– Wie du willst, genau wie du willst.

Der Wirt spähte mit einem boshaften Lächeln auf dem Gesicht herüber, während er seine Bedienung an der Bar wieder aufnahm. Der Sohn hatte jetzt die geheime Hoffnung, daß es bei diesem drohenden Skandal bleiben würde. Alles treibt mich dazu, mich umzubringen, dachte er. Und diese Entdeckung gab ihm eine ungeahnte Kraft. Aber da stiegen seiner Mutter Tränen in die Augen.

– Fünftausend Francs, fünftausend Francs, stöhnte sie.

Sie wird bezahlen, dachte der Sohn. Diese neue Hoffnung war ihm widerlich.

– Man gibt sie hin, sagte er müde, und man denkt nicht mehr daran. Man öffnet sein Portemonnaie, man nimmt den Schein, man legt ihn hin, und man scheißt darauf. Punkt.

– Du liebe Zeit!

Die Augen voller Tränen, setzte die Mutter die

Brille wieder auf. Ich glaubte, daß sie um nichts mehr weinen würde, dachte der Sohn bitter. Sie zog ein dickes Portemonnaie aus der Tasche, ergriff einen Fünftausendfrancschein und betrachtete ihn.

– Wenn du nicht willst, brauchst du nicht zu bezahlen.

Bestürzt sah sie ihren Sohn an, wurde kindlich.

– Und dann? Was wäre dann?

– Nichts.

Er ließ das Lokal nicht aus den Augen, hielt sie in Schach. Die Scham war vollends aus seinem Herzen gewichen. Er empfand nur noch Zorn und wünschte nur noch, daß die Weltordnung aus den Fugen gehen möge. Der Wirt verfolgte von der Bar aus den Verlauf der Operation. Na ja, eine alte Schlampe, dachte er.

– Das findet nie ein Ende, sagte die Mutter, nie.

Sie legte den Schein auf den Tisch. Der Sohn schnellte auf, Marcelle erhob sich langsamer. Die Mutter nahm sich die Zeit, ihr Portemonnaie, so sorgsam sie es noch vermochte, wieder in die Tasche zu stecken. Der Wirt trat wieder zu ihnen, nahm den Fünftausendfrancschein und verabschiedete sich würdevoll-beleidigt von der Mutter. Die Mutter reichte ihm die Hand, vergaß schon, was geschehen war. Als sie draußen waren, fiel es ihr wieder ein.

– Das ist fast genauso teuer wie eine Matratze, komisch.

– Spitzbuben, sagte der Sohn.

Sie fuhren im Taxi heim. Da erwachte die Mutter ein wenig aus ihrer großen Müdigkeit. Die frische

Nachtluft tat ihr wohl. Endlich schaute sie sich Paris an, wunderte sich, daß es so menschenleer war, sagte aber nichts dazu. Sagte nichts bis zur Ankunft. Der Sohn, er, er dachte es hier im Taxi zuende. Es blieb mir noch dieser Zeuge meines feigen Lebens, dachte er, sie muß sterben, sie muß. Er wußte wohl, was das Schweigen seiner Mutter enthielt und was ihr langsames Erwachen hervorbringen würde. Deshalb brach er es nicht und beachtete es seinerseits bis nach Hause. Sie bemerkte nicht, daß sie angekommen waren.
– Wir sind da.
Sie bezahlte willig das Taxi, von nun an zu allen Aufwendungen dieser Reise bereit.
Marcelle setzte sofort das restliche Sauerkraut auf. Die Mutter setzte sich in einen Sessel, ohne auch nur die Jacke auszuziehen. Ihre Augen, die man für geschlossen hätte halten können, sprachen von unerschütterlichem Willen, der, wie ein Hohn, dann und wann einsam aus den Trümmern der Hoffnung emporragt. Im Grunde ist sie noch lebendig, dachte der Sohn. Ihr Schweigen war ebenso vollkommen wie das Schweigen einer Totenwache. Der Sohn half Marcelle beim Tischdecken, setzte die drei Teller hin. Als alles bereit war und die Mutter sich in ihrem Stuhl, durch ihre letzte Hoffnung gefesselt, noch immer nicht rührte, trat er zu ihr. Ich kann nichts mehr für meine Mutter tun, dachte er, als sie zum Essen bitten, bevor sie stirbt.
– Komm essen.
Die Augen voller Entsetzen, sah ihn die Mutter an.
– Ich wollte dir etwas sagen.

– Das ist nicht nötig, komm.
Er ließ sie aufstehen und sich setzen. Die Lust zum Weinen und die Erleichterung stritten noch einmal um seine Stimmung.
Die Mutter ließ ihn nicht aus den Augen, zweifelte.
– Ich kann nicht anders.
– Ich weiß, und ich verstehe dich.
Als Marcelle sie so einträchtig sah, begann sie zu weinen und lief plötzlich in die Küche.
– Was hat sie nur, daß sie dauernd weint?
– Nichts. Sie hat ihre Mutter nicht gekannt. Das ist alles.
Die Mutter wurde ein bißchen nervös.
– Aber letzten Endes übertreibt sie.
Der Sohn lächelte wehmütig.
– Unheilbar, du kannst es dir nicht vorstellen.
Die Mutter lächelte auch. Ihr Entschluß stand fest, und ihre gute Laune und ihr Appetit stellten sich mit einem Mal wieder ein.
– Mademoiselle, rief sie, machen Sie mir eine Freude, kommen Sie und essen Sie ein bißchen Sauerkraut mit uns.
Marcelle kam wieder, lächelnd, während sie sich schneuzte.
– Sie dürfen nicht weinen, sagte die Mutter. Wir sind alle da, sind lebendig, wir sind im Begriff, gutes Sauerkraut zu essen, und das ist die Hauptsache.
– Das ist wahr, sagte Marcelle.
– Das Übrige fällt weniger ins Gewicht als man glauben möchte, sagte der Sohn.
Sie aßen schweigend das Sauerkraut. Es war noch

besser als am Morgen, und nach dieser durchwachten Nacht ließen sie es sich noch besser schmecken.
– Es gibt nichts Besseres als Sauerkraut, sagte die Mutter, ein gutes Glas Weißwein, und je mehr ihr es kocht, desto besser ist es ...
– Ich werde mein Leben lang daran denken, sagte Marcelle aus vollem Herzen.
Die Mutter ging an ein Frankfurter Würstchen mit einer Unmenge Senf. Der Sohn sah ihr beim Essen zu, vergaß fast, selbst zu essen. Das ist das Ende, dachte er wieder. Er glaubte zu verstehen, daß sich die Liebe, die sie für ihre Kinder gehegt hatte, vielleicht endlich aus ihrem Leben zurückziehen würde. Aber der Appetit blieb den Menschen bis zum Schluß.
– Und dann darf man nicht so weinen, sagte die Mutter.
– Unheilbar, sagte der Sohn freundlich. Manchmal läuft ein Hund vorbei, und sie schmilzt.
– Man kann sich nicht ändern, sagte Marcelle ein wenig verwirrt.
Sie aß auch, und darüber versiegten ihre Tränen. Ihr Appetit war derart auffallend, daß Jacques es bemerkte.
– Was hast du doch den Tag über zusammengegessen, sagte er zu ihr.
– Ausnahmsweise. – Marcelle errötete.
– Laß sie doch endlich essen, sagte die Mutter. Essen Sie, Mademoiselle. Und soviel Sie können. An ihrer Stelle täte ich es gerade.
Und sie begannen alle drei zu lachen, auch der Sohn, fast aus vollem Herzen.

– Ach, die Freuden des Sauerkrauts, rief die Mutter, man hat gut davon reden, wenn man sie nicht kennt! Ein gutes Sauerkraut ... mit über fünfundsiebzig Jahren ... zwei Kriege ... wenn ich bedenke ... Zu allem Überfluß ... sechs Mutterschaften ... ich frage mich immer noch, wie ich das geschafft habe ... wieso ich sie nicht alle umgebracht habe ... O je! Es ist ein Kreuz ... einen Tropfen Beaujolais, bitte.
Beim Sprechen kaute sie vergnügt an ihrem Würstchen. Der Sohn begann sich mehr um sie als um Marcelle zu kümmern.
– Mama, sagte er, einer Gefahr vorbeugend.
– Nicht das, nicht gefühlsselig werden.
Sie winkte ab. Ihre Armbänder klirrten.
– Darum geht es nicht, Mama ...
– Wir trinken also nicht?
Marcelle ging in die Küche, um die Flasche Beaujolais zu holen, die vom Mittag stehengeblieben war.
– Es gibt also kein Sauerkraut, wo du bist?
Es gab keins. Der Sohn beruhigte sich ein wenig. Marcelle kam wieder, und er verteilte den Beaujolais ziemlich gleichmäßig auf die drei Gläser. Eine Frage beschäftigte ihn. Er hielt sie zurück, bis die Mutter ihr Würstchen aufgegessen hatte, dann sprach er sie wie eine Formalität aus.
– Und die anderen?
Die Mutter wurde wieder nachdenklich.
– Ach ja, besann sie sich.
Sie suchten gemeinsam, wie sie dem begegnen konnten.
– Du wirst ihnen erklären, daß ich so geworden bin, so ... wie es mir paßt, sagte die Mutter schließlich.

– Gerade das ist schwer zu erklären, sagte der Sohn. Ich werde sagen, daß dich ein Telegramm zurückgerufen hat.
– Diese Erfolgsmenschen, sagte die Mutter gelangweilt ... mit denen hat man nichts zu schaffen. Und dann wird sie das eben lehren, über mich zu urteilen.
– Eine Mutter ist eine Mutter, sagte Marcelle.
– Solche Ideen, ich frage euch, solche Ideen über ihre Mutter ...
– Ich weiß genau, daß ich, sagte Marcelle, wenn ich eine hätte ...
Da sie wieder in Tränen auszubrechen drohte, schnitt ihr Jacques das Wort ab.
– Wie du willst, sagte er zur Mutter, ich richte mich danach.
Die Mutter sagte, daß sie friere, und wimmernd, als handle es sich um eine große Mühe, sagte sie:
– Wir müssen daran denken, wegen dieses Flugzeugs zu telephonieren.
– Wann?
– Morgen.
– Gut. Ich gehe hinunter, sagte der Sohn nach einem Zögern.
Marcelle brach in Tränen aus.
– Ach! Ich hatte nicht verstanden.
Jacques zuckte die Achseln, erhob sich vom Tisch und ging hinunter, um zu telephonieren.
– Ich hatte nicht verstanden, begann Marcelle wieder, ich hoffte, daß Sie wenigstens drei Tage bleiben würden ...

– Unmöglich.
– Aber warum? Warum morgen? Sie sagten einen Monat...
– Alles. Ich kann nicht anders. Wenn ich bliebe... würde ich sterben.
– Sterben?
– Ja.
Ihr Ton war unwiderruflich. Marcelle verstand es, gab es auf, begann weinend abzutragen. Die Mutter musterte sie wie eine Weile zuvor in dem netten Lokal.
– Man darf nicht immerzu so weinen, sagte sie zu ihr, Sie müssen sich ein bißchen zusammennehmen. Ich habe in meinem Leben viel geweint... jedenfalls, ich meine, wenigstens wie jedermann... das hat keinen Zweck. Das tut nicht einmal so wohl, wie man sagt.
– Ja, Madame. – Marcelle schluchzte.
– Sie müssen vergessen, daß Sie eine Mutter hätten haben können, ich meine, jedenfalls versuchen, es zu vergessen. Man kann nicht so leben, was hat das für einen Sinn, in dem Kummer, daß man keine Mutter gehabt hat. Das ist nicht normal.
– Weil ich Sie gesehen habe, Madame. – Marcelle schluchzte immer noch.
Die Mutter betrachtete sie noch einmal, wie sie weinte, groß und stark, und immer noch weinte, noch einmal mit verlockenden Augen.
– Und dann sind Sie jetzt zu groß, um solchen Kummer zu haben, sagte sie wie zu einem Kind.
– Ich weiß, sagte Marcelle, aber ich kann nichts dafür.
Die Stimme der Mutter entfernte sich.

– Ich sage nicht, daß das nicht traurig wäre, daß Sie keine Mutter gehabt haben, nein, aber letzten Endes ... gibt es so viel Traurigeres, so viel, wenn Sie wüßten. Eines Tages werden Sie es wissen.
– Ja, Madame.
– Ich meine, daß Sie das Glück kennenlernen ... ja und ... die Verzweiflung darüber, daß Sie es erfahren.
– Ja, Madame.
– Daß ich es für Sie hoffe, liebes Kind.
Und im lockeren Unterhaltungston fügte die Mutter hinzu:
– Sehen Sie, wenn ich abreise, so deshalb, weil es keinen Sinn hat, daß ich hier bin ... überhaupt keinen Sinn.
– Sagen Sie das nicht, flehte Marcelle.
– Doch. Es hat keinen Sinn. Daß man Kinder gehabt hat, hat keinen Sinn, es hat nichts zu bedeuten. Nichts. Das können Sie sich überhaupt nicht vorstellen, dabei wird Ihnen schwindlig. Ich sage nicht, daß man sie hat ... sondern daß man sie gehabt hat ...
Unter dem Gewicht solcher Worte flüchtete Marcelle in die Küche.
– Keinen Sinn, fuhr die Mutter ganz allein fort. Wenn ich bliebe, könnte er mich nur umbringen, der arme Junge. Und ich, ich könnte ihn nur verstehen.
Sie vergaß, hatte Durst, rief Marcelle.
– Da habe ich immer noch Durst, stöhnte sie, ich möchte Wasser.
Marcelle brachte ihr ein Glas Wasser, und sie leerte es mit einem Zuge. Dann erwartete sie betäubt die Rück-

kehr ihres Sohnes. Marcelle ging wieder in die Küche, um weit weg von ihr zu weinen. Allein geblieben, vergaß sie ihre Existenz, betrachtete lange das Zimmer, in dem sie sich befand, wo ihr Kind lebte. Sie hatte es tagsüber nicht recht gesehen. Sie betrachtete es von allen Seiten mit tiefer Verwunderung. Von diesem Anblick, das wußte sie, würde sie nie wieder loskommen. Die Mutterschaft beschwerte sie noch immer, würde sie immer beschweren. Aber auch mit dieser Beschwernis selbst, so eitel sie war, hatte sie sich abgefunden. Langeweile überkam sie, und der Schlaf. Und sie stand auf, ging an der Küche vorbei, wo Marcelle allein unter der Lampe saß und weinte. Sie blieb eine Sekunde stehen. Sie blickten sich an.

– Sie könnten vielleicht den Beruf wechseln, sagte die Mutter.

– Das ist zu spät, Madame. – Marcelle hörte auf zu weinen.

Die Mutter überlegte mit niedergeschlagenen Augen.

– Sind Sie sicher?

– Ich wüßte kein Beispiel.

– Ich kann nichts für Sie tun. Weder für Sie noch für jemand anders. Ich bedaure es sehr. Ich bin zu müde.

Sie ging in ihr Zimmer.

Als der Sohn zurückkam, war Marcelle noch immer in der Küche. Sie hatte rote Augen, aber sie weinte nicht mehr. Er ging hinüber ins Eßzimmer, fort von ihr, legte sich auf die Chaiselongue. Seine Mutter mußte wohl schlafen. Es war erst vier Uhr, und die Nacht ist lang für die, die nicht daran gewöhnt sind, ihr ihren Schlummer zu weihen. Wegen der Mutter hatten sie das Lokal viel früher verlassen als gewöhnlich.

Der Sohn war also in dieser Nacht müßig. Marcelle erschien.

– Geh, sagte er, geh.

– Ich weine doch nicht mehr, sagte Marcelle. Ich bin müde.

– Morgen gehst du fort. Diesmal endgültig.

Sie zog sich aus, öffnete die Chaiselongue. Der Sohn erhob sich protestlos.

– Wenn eine bestimmte Zeit überschritten ist, sagte er, verläßt mich der Schlaf so vollständig, als könnte ich ihn in Zukunft entbehren.

– Das kommt vielleicht, wenn man das Leben zu sehr liebt, sagte Marcelle freundlich.

Sie sagten sich nichts mehr. Der Sohn lief im Zimmer auf und ab. Vom Zimmer der Mutter kam kein Laut.

– Sie schläft, sagte er ganz leise. Ganz bestimmt schläft sie.

– Solche Müdigkeit ... in ihrem Alter, murmelte Marcelle schlaftrunken.

Sie schlief ihrerseits ein. Und da er keinen anderen Anblick, nichts anderes hatte zu dieser nächtlichen Stunde, schaute er zu, wie sie versank, sich im Vergessen fing. Bald erhob sich ihr Atem, schamlos, und ihr Schlummer störte, gewöhnlich und gewohnt, die wilde Einsamkeit seines eigenen Wachens. Er trat ans Fenster, öffnete es, atmete die schwarze Frische der Straße ein. Es war erst vier Uhr. Er verfügte über etwa drei Stunden Freiheit vor dem Erwachen seiner Mutter. Er schloß das Fenster, setzte sich wieder, nahm sein Portemonnaie, öffnete es, zählte, schloß es wieder. Er hatte nicht genug Geld. Er versuchte zu vergessen, zu rauchen, hatte nur an zwei Zügen aus seiner Zigarette Geschmack, drückte sie aus, und plötzlich weinte er. Mit aller Kraft versuchte er, sich zu wehren, aber es gelang ihm nicht. Die Schluchzer drangen aus ihm hervor, waren nicht zu unterdrücken, schüttelten ihn. Marcelle rührte sich nicht. Auch im Zimmer seiner Mutter vermochte der Ausbruch seines Leides das Schweigen nicht zu stören. Er weinte, preßte die Hände auf den Mund, damit man ihn nicht hörte. Und man hörte ihn nicht. Sein Kummer war so jung wie der Kummer durchkreuzter Kinderwünsche, und deshalb war er das Äußerste und überflutete seinen Verstand. Weinend lief er in die Küche, schloß sich ein, wusch sich ausgiebig das Gesicht mit dem kalten Wasser über dem Ausguß. Das beruhigte ihn. Von der Kindheit bewahrte er auch die Bescheidenheit, aus der ihn bis dahin nichts erhoben hatte: man kann grundlos unglücklich sein, dachte er, grundlos. Das Zimmer seiner Mutter war noch immer erloschen, still. Tot oder eingeschlafen war seine Mutter, die Mutter seiner unermüdlichen Lauer auf die Vögel in den Zweigen der Bäume, ganze Tage lang. Er kehrte ins Eßzimmer zurück. Die Vögel führten einen weit, bis zu den öden Nächten des Lebens, das er gewählt hatte. Er weinte nicht mehr, aber an der Stelle seines Herzens schlug ein harter, schwarzer Stein. Marcelles Schlummer erhob sich noch immer fleischlich in sein steinernes Leid. Morgen vor die Tür, vor die Tür, dachte er, jetzt will ich allein sein. Er trat zum Kamin, sah in den Spiegel. Er wußte nicht, was er mit seinem Leib anfangen sollte. Seine Ungeduld hatte sich gelegt, aber vor Verzweiflung konnte er sich nur im Stehen ertragen. Er verfügte nicht einmal über einen Feind, auf den er sich hätte stürzen können: seine Mutter ruhte, bewußtlos, im weinseligen Schlummer. Er wußte also nicht, was er in dieser Nacht mit sich selbst anfangen sollte, als er auf dem Kamin die siebzehn goldenen Armbänder gewahrte, die seine Mutter nach dem Nachtessen vergessen hatte, vergessen, weil sie zu viel getrunken hatte, und zu alt war, und ihn zu sehr geliebt hatte. Er setzte sich wieder. Stand wieder auf, betrachtete sie, die unnütz waren, abermals. Setzte sich dann wieder. Blickte dann auf seine Uhr. Entschloß sich dann. Ergriff zwei der siebzehn Armbänder, steckte sie in die Tasche und wartete den Augenblick, dessen es bedurfte, um zu begreifen, was er getan hatte, oder es zumindest zu bezeichnen. Es gelang ihm nicht. Vielleicht war es das Häßlichste, was er seit seiner Geburt getan hatte. Aber nicht einmal dessen war er sicher. Um so weniger, als sich in seiner Seele ganz fern eine Rechtfertigung abzuzeichnen begann. Es ist meine Mutter, dachte er, es ist meine Mutter, und ich bin sehr unglücklich, und es ist meine Mutter, die dazu da ist, um mein Leid zu verstehen, und sie hat recht, wir sind alle gleich, selbst bessere als ich. Mit dem Gold in der Tasche verließ er leise die Wohnung, schlug den Weg nach Montparnasse ein.

– Gestohlen, ja, aber meiner Mutter, achtundsiebzig Jahre alt, ja, keine Sorge, sagte er zu dem Burschen im Spielkasino, der sich mit derartigem Handel befaßte.

– Ich habe dich nichts gefragt. Warum sagst du es?

– Ich bin eben so. Alles, aber kein Lügner.

Der Bursche gab ihm, was er für die beiden Armbänder haben wollte. Und er betrat die grüne Wiese des Spielsaales, lachend, sein Verbrechen vergessend, die Götter zur Seite.

Die Mutter erwachte kurz nach seinem Aufbruch und tauchte wieder einmal im Eßzimmer auf, weckte Marcelle.

– Mein Gott, stöhnte sie, da bin ich wieder einmal aufgewacht und weiß nicht, wo ich bin.

Marcelle schaltete das Licht an. Die Mutter sah, daß ihr Sohn nicht da war, blickte erstaunt auf das Bett.

– Erinnern Sie sich, sagte Marcelle, er ist hinuntergegangen, um wegen des Flugzeuges zu telephonieren.

– Und er ist noch nicht zurückgekommen, klagte die Mutter. Sehen Sie, Mademoiselle, und ich habe noch immer Durst.

Marcelle stand sofort auf, holte ihr Wasser. Sie trank, erhob sich mühsam aus dem Sessel, in dem sie saß, ging zum Kamin.

– Aber wie spät ist es denn? sorgte sie sich. Die Nächte werden so lang, so lang für mich.

Sie nahm die Armbänder, eines um das andere, zählte sie. Marcelle folgte ihr mit den Augen, zählte mit. Sie stieß einen erstickten, kurz abbrechenden Schrei aus, dann setzte sie sich in einen Sessel, den Schmuck durcheinander in ihrem Nachthemd.

– Mein Gott! murmelte sie.

Marcelle wartete ein wenig, reglos, schweigend. Dann sagte sie zu ihr, ohne sich von der Chaiselongue zu rühren:

– Trotzdem müßten Sie versuchen, weiterzuschlafen.

Die Mutter blickte auf den Schmuck in ihrem Nachthemd, und sie erschauerte.

– Ja, eigentlich, sagte sie, müßte ich es versuchen. Aber sehen Sie, wenn eine bestimmte Stunde der Nacht überschritten ist, komisch, dann verläßt mich der Schlaf vollkommen ...

– Wie Ihren Sohn. Marcelle lächelte.

Die Mutter schloß die Augen.

– Mein Sohn, sagte sie, mein Sohn.

– Ja.

Sie erhob sich, legte den Schmuck auf den Kamin, aber diesmal ohne jede Sorgfalt, wie sie es mit wertlosen Gegenständen getan hätte. Ein letztes Mal musterte sie dann dieses Zimmer mit dem offenen Bett, diese Frau, diesen erbärmlichen Hintergrund, vor dem sich das Leben ihres Kindes abspielte. Und sicherlich besiegte noch einmal die Verwunderung ihren Schmerz.

– Er wird zurückkommen, sagte Marcelle, sorgen Sie sich nicht. Er ist so, man glaubt, daß er nie zurückkommen wird, aber er kommt.

– Ich weiß, sagte die Mutter – ruhig – ich weiß. Mit achtzehn Jahren war er schon genauso, ich weiß, daß er wiederkommt. Keine Sorge, Mademoiselle, ich weiß es. Bei ihm wundert mich gar nichts mehr ... sehen Sie, das ist es überhaupt auch, sein Kind wiederfinden ...

Sie kehrte in ihr Zimmer zurück, legte sich, löschte das Licht. Marcelle tat bei sich dasselbe. Sie wachten alle beide in der Erwartung seiner Rückkehr.

Er kehrte im Morgengrauen heim, leicht und frei, völlig abgebrannt, erwachsen, endlich – in dieser Nacht – von menschlicher Müdigkeit bezwungen.

– Sie ist gekommen, sagte Marcelle zu ihm, sie hat ihre Armbänder gezählt.

Er gab keine Antwort, hatte ihr nichts zu antworten, setzte sich zu ihr auf die Chaiselongue.

– Du hast verloren, sagte sie ganz leise.

Er nickte, alles. Sie sah ihn lange an, und angesichts seiner an den Schläfen ergrauten Haare, seiner starken, männlichen Gestalt, seiner Verbrecherhände ging ihr Herz in trostloser Güte auf.

– Sie hat sich wieder hingelegt, sagte sie, komm schlafen.

Er hob die Augen zu ihr, war überrascht, wie liebevoll sie war, aber nur, bis er es bemerkt hatte.

– Es ist meine Mutter, sagte er endlich.

Er stand auf. Nach solchen Nächten, nach jeder von ihnen, glaubte er endlich die tödliche Müdigkeit erreicht zu haben, die Helden seines Schlages vorbehalten ist. Er glaubte es wieder. Trotzdem mußte er nach seiner Mutter sehen. Das letzte Mal, dachte er. Sie erwartete ihn immer und immer noch wie ihr Leben lang. Ihr zu weites baumwollenes Nachthemd war genauso gearbeitet wie früher, in der Zeit des Elends, und ihr kleiner weißer Zopf ruhte halb offen auf dem Kopfkissen. Über der Stadt war die Morgenröte entflammt. Sie lächelte in ihrem Licht.

– Es geht in Ordnung, sagte er – er setzte sich auf das Bett –, du kannst ruhig schlafen.

– Danke, mein Junge. Um welche Zeit?

– Zwölf Uhr zehn.

Er nahm eine Zigarette und rauchte. Er wagte nicht, auf das Bett zu blicken. Und es herrschte doch großer Friede im Zimmer.

– Warum morgen? fragte er endlich.

– Warum nicht?

Er ballte die Fäuste, schleuderte die Asche seiner Zigarette weit vor sich hin.

– Du hast recht.

– Ich möchte, daß du mich verstehst. Mein Junge, versteh mich.

– Ich verstehe, Mama.

Er warf seine Zigarette fort, sank zu Füßen seiner Mutter auf das Bett, vergrub den Kopf in den Armen.

– Ich kann nicht arbeiten. Ich ... will nicht arbeiten, ich will nicht arbeiten.

Die Mutter lächelte noch immer.

– Mein kleiner Junge.

Sie weinte nicht mehr, nein, aber Tränen rannen dennoch über ihr Lächeln.

– Ich verstehe es, sagte sie. Ich wollte dir auch das sagen ... daß es mir, siehst du, in gewissem Sinne lieber ist, daß du nicht kommst ... daß ich stolz auf dich bin ... Ja, so ist es, daß auch ich stolz auf dich bin ... weil du nicht kommst.

– Schweig, Mama.
Sie legte die kleinen Hände ineinander. Soll sie sterben, soll sie doch sterben, dachte der Sohn.
– Wenn du wüßtest, sagte sie, die anderen ... sie sind stolz auf die ihren, und wenn sie sie besuchen, was sieht man dann? Spießer, Kälber, zu gut genährt, und dumm, und unwissend ... Nein, mein Junge, ich bin stolz, daß du so bist, immer noch, in deinem Alter ... mager wie eine Katze ... mein Junge ...
Ein Schluchzer schüttelte sie. Der Sohn richtete sich auf. Sie lächelte noch immer.
– Schweig, schrie er.
Er ergriff ihre Hand. Der Schluchzer erlosch, und die Stimme wurde wieder zur sanften kindlichen Klage.
– Das ist ein anderer Stolz, den ich allein verstehe. Und nur darunter leide ich, mein Junge, nur darunter, daß ich die einzige bin, die ihn versteht und daß ich denken muß, daß ich sterben werde und daß ihn nach mir niemand haben wird.
Der Sohn hatte sich wieder auf das Bett gelegt. Ich habe Angst, ich habe Angst vor mir, dachte er.
– Schlaf, Mama, ich bitte dich herzlich.
– Ja, mein Junge, ich werde schlafen.
In der Küche lauschte ihnen Marcelle. Sie wagte nicht zu kommen. Sie fand diese Menschen unglücklich. Sie hatte endlich wieder angefangen zu weinen, über das Los der Mutter.

Alphabetisches Gesamtverzeichnis der suhrkamp taschenbücher

1/1/6.84

1/2/6.84

1/3/6.84

1/4/6.84

1/5/6.84

1/6/6.84

1/7/6.84

1/8/6.84

1/9/6.84

1/10/6.84

1/11/6.84

1/12/6.84

1/13/6.84